HENRI MICHAUX
夜 动
La Nuit remue

〔法〕亨利·米肖　　　　　　著

周小珊　　　　　　译

人民文学出版社

著作权合同登记号　图字 01-2020-5079

Henri Michaux
La Nuit remue
Ⓒ Éditions Gallimard，1935，1967
All rights reserved

图书在版编目(CIP)数据

夜动/(法)亨利·米肖著;周小珊译.
—北京:人民文学出版社,2021(2025.1 重印)
(巴别塔诗典)
ISBN 978-7-02-016684-8

Ⅰ.①夜…　Ⅱ.①亨…②周…　Ⅲ.①诗集-法国-现代　Ⅳ.①I565.25

中国版本图书馆 CIP 数据核字(2020)第 197852 号

责任编辑　朱卫净　何炜宏
装帧设计　李苗苗

出版发行　人民文学出版社
社　　址　北京市朝内大街 166 号
邮　　编　100705

印　　刷　凸版艺彩(东莞)印刷有限公司
经　　销　全国新华书店等

字　　数　65 千字
开　　本　889 毫米×1194 毫米　1/32
印　　张　6
插　　页　5
版　　次　2021 年 10 月北京第 1 版
印　　次　2025 年 1 月第 2 次印刷

书　　号　978-7-02-016684-8
定　　价　59.00 元

如有印装质量问题,请与本社图书销售中心调换。电话:010-65233595

目录

夜动

夜动 _3
我的国王 _8
床上健将 _14
无需多言 _22
呼吸着 _23
新婚夜 _24
有关松树的建议 _25
有关大海的建议 _26
歌剧院大街的汽车 _27
精子的天空 _28
湖 _29
风 _30
每个人的小烦恼 _31
画评 _32
步骤 _39
愚蠢的幸福 _41
走向安宁 _42

衰败 _44

恐惧扰人的灯塔下 _46

疯人村 _48

帝王蜘蛛的生活 _49

艾木和他的寄生虫 _51

艾木和老医生 _52

英雄时代 _53

乙醚 _55

反对! _69

我们其他人 _71

我这样看着你们 _73

抗议书 _75

我的人生 _78

冰山 _79

走向安宁 _80

我的领地（1930）

我的领地 _85

悲惨生活 _92

皱巴巴的衣服 _94

我的工作 _95

简单 _97

迫害 _98

睡觉 _99

懒惰 _100

混凝土浇筑 _102

幸福 _103

会阴 _105

谨慎的男人 _107

愤怒 _109

迷路的男人 _110

迷惑 _111

一变再变 _113

卧床 _117

海堤 _118

叫喊 _120

给病人的忠告 _121

被诅咒 _123

魔术 _124

圣人 _125

病人的娱乐 _126

意志的力量 _127

又是一个不幸的人　_128

投影　_129

干涉　_131

动物学记　_133

"巴布"　_135

"达雷特"　_137

昆虫　_138

灵台　_139

"艾莽龙"　_140

新的观察　_141

乌尔岱斯人种　_142

植物学记　_144

眼睛　_148

微小　_152

被锁住的链条　_153

伴侣　_154

他们　_156

事实上　_157

带我走　_159

日益苍白　_160

爱人们　_161

建议　_164

我是铜锣 _165

文学家 _166

杀 _167

年轻侍从之死 _168

发音 _169

露比莉莉厄丝 _170

走得粗糙 _171

土地！ _172

哈 _173

罗德里戈 _174

我的上帝 _175

未来 _177

后记 _180

夜　动

夜　动

1

忽然，宁静卧室的玻璃窗上露出一个污渍。

鸭绒被当即叫了一声，跳将起来；血随之流淌。床单浸润，一切都湿了。

衣柜猛地打开，出来一个死家伙，砰然倒地。显然不好笑。

可是，抽打鼬鼠是快乐的。好，随后要把它钉在钢琴上。必须如此。之后便走开。当然也可以把它钉在花瓶上。但是有难度。花瓶吃不消。太难。真可惜。

衣柜的一扇门撞击着另一扇，反反复复。衣柜门又关上了。

于是逃吧，成千上万的人都在逃。四处分散，游啊游，居然有这么多人！

白色躯体组成一颗星，一直闪耀，闪耀……

2

狭小卧室的低矮天花板下,是我的夜,无底深渊。

不断被抛入身下几千米深、几千米宽的洞中,我万分艰难地抓住粗糙的洞壁,筋疲力尽,机械,失控,既厌倦,又顽强,蚁行般往上爬,慢得可怕。垂直的洞壁越来越光滑,几乎看不出上面的凹凸。深渊、深夜、恐惧渐渐融为不可分割的整体。

3

在楼梯上的时候她已经开始变矮。到了四楼,跨过我房间的那一刻,她只有鹧鸪那么高了。不,不,那我不要了。女人,行!鹧鸪,不要。我为何叫她来,她心知肚明。不是为了……算了!

既然如此,何必顽固不化,还要粗鲁地抓住我的裤子不放?

我最后给她的那一脚,让她滚到了门卫的岗亭里。

我也不想这样。她逼我的。我可以这么说。我确信可以这么说。

现在，楼梯脚下，她微弱地呻吟，呻吟，呻吟，恶人都这样。

4

……它们出现了，从天花板的横梁上缓缓剥离出来……一个水滴出现了，大小如油滴，重重地跌下来。一滴水，肚子庞大，跌落在地板上。

又一个水滴成形了，光泽有些暗沉的半圆，跌落下来。是一个女人。

她拼命挣扎，艰难至极，却白费力气。

第三个水滴成形了，越来越大，跌落下来。水滴化成一个女人，瞬间坍塌，依然拼尽全力……结果翻转过来。

就一下子。然后就不动了。

她的腿很长，很长。本应该当舞蹈家。

又一个水滴成形了，膨胀起来，如仓促形成的生命那可怕的肿瘤，跌落下来。

躯体一具具堆积起来，仿佛有生命的煎饼，虽然扁平，但是有人的样子。

水珠不再滴下来。我躺在一堆小女人身边，思想停滞，悲伤不已。我不去想她们，也不去想自己，而是想着苦涩的日常生活。

5

　　船上总是有我们三个人。两个人聊天，我划桨。

　　每天的面包真不容易，挣面包钱不容易，拿到挣的钱也不容易。

　　这两个健谈的人是我唯一的消遣，但是看着他们吃我的面包还是难以忍受。

　　他们一直在说话。他们说，如果他们不一直说话，无边的大海和暴风雨的声音，一定会消磨我的勇气和力量。

　　靠着一双桨，独自一人划船前行，真不容易。虽然水的阻力并不大……还是有阻力，加油。水有阻力，特别是某些日子。

　　啊！我多想抛开我的船桨。

　　但是他们盯着呢，他们没有别的事情要做，聊天，吃我的面包，我那已经被啃了十遍的一点点口粮。

6

　　我的小妞们，随便你们说什么，厌烦的不是我。

昨天我还扯下了警察的一只胳膊。好像是一个下士的胳膊，佩戴着袖章。我不太确定。我猛力把它扯下来，又猛力扔掉。

我的床单可以说再也不是白色的了。幸好血干得很快，否则我怎么睡觉啊？

我的双臂四处乱舞，插进肚皮、胸膛，和所谓隐秘的器官（对有些人来说是隐秘的）。

我的双臂总能摸出东西来，我迷醉的好手臂。我有时候不知道摸出来的是什么，一块肝，几片肺，我搞不清楚，只要是热的、湿的，血淋淋的就行。

我其实想要的，是找到露水，温润、平静。

一只白色的胳膊，清凉，细致地包裹着光滑的皮肤，也很不错。但是我的指甲、牙齿，我无法满足的好奇心，我很少能习惯于表象……嗯，没有办法。为了一个吻出发，却带回来一颗头颅。

你为他祈祷，他为你而怒。

我的国王

夜里，我纠缠我的国王，我慢慢起来，拧歪他的脖子。

他恢复体力，我又去纠缠他，又拧歪他的脖子。

我摇晃他，像摇晃一棵老李子树，他的王冠在头顶颤抖。

他毕竟是我的国王，我知道，他也知道，我当然受他支使。

但是到了夜里，我激动的双手不停地扼住他的喉咙。我没有丝毫胆怯，赤手空拳，掐住国王的脖子。

很久以来，我偷偷地在我的小房间里，怎么也掐不死的，就是我的国王。他的脸先是发青，很快恢复原状，他的头又抬了起来，夜复一夜。

我偷偷地在我的小房间里，对着我的国王的脸放屁。然后我放声大笑。他企图露出镇静的额头，洗净一切侮辱。但是我不停地冲他放屁，除了转身看他的时候才停歇，我对着他努力维持王威的高贵的脸哈哈大笑。

我就是这样对待他的,我灰暗人生无休止的起点。

现在,我将他推倒在地,坐在他脸上。他尊严的脸消失了。我油迹斑斑的粗裤子,还有我的屁股——既然这就是他的名字——肆意坐在这张天生用来统治的面孔上。

我毫无顾忌,绝对是的,往左转转,再往右转转,想怎么就怎么,不去操心他的眼睛或鼻子是否挡道。我坐腻了才会走开。

要是我回头,他那张镇静的脸依然威武。

我打他耳光,我打他耳光,接着又讽刺地把他当孩子给他擦鼻涕。

然而,显然他是国王,我是他的臣民,他唯一的臣民。

我踢他的屁股,把他赶出房间。我用厨房残渣和垃圾盖住他。我在他双腿间打碎盘子。我把他骂得狗血喷头,让他受尽羞辱,还有那不勒斯特有的污秽、详尽的诽谤,说一遍就再也无法摆脱的那种耻辱,就像恶心的定制服装,是人生真正的粪水。

好吧,明天我又要重复一遍。

他回来了,就在那儿。他一直都在那儿。他就不肯彻底滚蛋。他一定要可恶地强行出现在我已经十分狭小的房间里。

我过于频繁地卷入纷争。我欠债，持刀打架，欺负别的孩子，我没办法，我不相信法律精神。

对方在法庭上诉苦的时候，我的国王几乎不听我的辩解，采用对方的辩词，在他尊严的嘴里，这些辩词成了对我的控诉，预示着我即将面临可怕的刑罚。

只是到最后，他才提出了一些无关紧要的限制。

对手觉得这算不上什么，情愿把这些法院不会采纳的次要理由收回去。其他的理由足以让他安心。

这个时候我的国王又把刚才的辩词从头说起，好像是他自己的辩词一样，只是稍稍减去了一些。那些细节统一之后，他又从头把辩词说了一遍，就这样慢慢地、逐步地，一遍又一遍，削弱了辩词，把它变成无稽之谈，连可耻的法庭，以及全部到场的法官，都在寻思怎么敢为了这种琐碎小事召集他们来，在听众的哄笑和低俗的玩笑中作出了对我不利的判决。

于是国王不再理会我是否清白，站起身，面无表情地走了。

不知道这对国王是不是一件很难办的事请，但他恰恰可以在这个时候表露本色，这个无能为力的暴君，如果不能显示出他强大的、令人无法抵抗的魅力，就什么也不让做。

企图把他赶出门去，真笨！我干嘛不安稳地把他留在房间里？安稳地，不理他。

但我没有。我真笨，而他呢，看到统治这么容易，便要称霸全国。

他到哪儿都安然就位。

没有人惊讶，仿佛他的位置一直都在那儿。

大家等着，一言不发，等着他决定。

我的房间里动物来来往往。不同时来。身体残缺。但是大自然的这些形体，组成可笑的、微不足道的队列，路过我的房间。狮子走进来，头低着，青肿、凹凸不平，像一包旧衣服。可怜的爪子疲软无力。不知道它是怎么往前走的，总之像可怜虫。

大象走进来的时候泄了气，还不如小鹿强壮。

其余的动物都这样。

没有任何设备。没有任何机器。汽车进来的时候已经被压扁，充其量可以当一块地板。

我的小房间就是这种样子，我那死板的国王什么都不要，所有的东西，他都粗暴对待，让它们狼狈不堪，化为乌有，而我，叫了那么多生灵来我房间做我的伙伴。

就是犀牛，这个不能容忍人类、冲撞一切的粗鲁家伙，有一天连它也进入了难以触摸的迷雾状态，含糊其词，无力抵抗……犹豫不决。

比它厉害一百倍的是天窗上的小窗帘，厉害一百倍，比这头强壮、急躁的、天不怕地不怕的犀牛，我寄予它极大的希望。

我早把我的命交给它了。我准备好了。

但是我的国王只允许犀牛进来的时候懦弱无力，浑身滴水。

也许他以后会允许它拄着拐杖进来……这样好控制它，一具皮囊，像孩子的皮肤一样薄，一颗砂砾就能擦破。

我的国王让动物们这样在我们面前走过。只允许这样。

他统治着，他控制着我，他不喜欢玩。

我口袋里的这只硬邦邦的小手，是我未婚妻留下来的唯一的东西。

一只干枯、僵硬的小手（真的是她的手吗？）。她唯一留给我的东西。

他把它从我这里夺走了。他把它弄丢了。他把它化为乌有！

在我的小房间里，一场场审判再可耻不过了。

对他来说，甚至蛇都不够矮，还能再爬低一点，甚至不会动的松树也让他不高兴。

还有，他的王宫（我们可怜的小房间）看上去实在令人失望，最后一个无产阶级也不会羡慕他。

除了国王，还有已经习惯了的我，谁能在黑色物质的进退中，抓住令人尊敬的东西？枯叶的细微挣扎，在寂静中低沉而悲伤地滴下来的不多的水珠。

没有必要去怀念，其实！

难以察觉的，是他面部的表情，难以察觉。

床上健将

真奇怪，像我这样对滑冰毫不在意的人，一闭上眼睛，就看到一个巨大的溜冰场。

而且我激情满怀地滑着冰！

滑了一段时间后，我一直保持惊人的速度，我离溜冰场越来越远，逐渐稀少的人群次第而过，消失殆尽。我独自在结冰的河面前进，穿过整个国家。

我没有去欣赏风景，没有。我只喜欢在寂静的河面前行，沿岸是坚硬的黑土地，从来不回头，而且，虽然我频繁地、长久地滑冰，我记得我从来不觉得累，我快速滑行的冰刀下的冰是那么轻盈。

*

其实我是一个运动健将，床上健将。您想啊，我一闭上眼睛，就开始运动了。

我能做到与众不同的，是跳水。我记得，就是在电影里，也没有见过像我一样笔挺的跳姿。我的动作里没有丝毫的松懈。

别的人，如果有其他选手，在我身边都不值一提。我难得看体育比赛的时候，不是都没有笑容的吗？贯穿整套动作的那些小失误，普通人看不出来，但是立即引起大师的注意；这些结实的家伙，束手无策，或者其他人，都不能打败我。他们的精准度还是不够。

我难以解释为什么我的动作完美无缺。于我而言，它们天然如此。专业的东西对我一无用处，因为我从来没有学过游泳，也没学过跳水。我跳水，就如血液在我血管里流淌一样自然。啊！滑入水中！啊！滑得令人赞叹，都不想再浮上来。说了也没用。你们谁能理解在水里游，就像在自己家里走动？真正会游泳的人已经不知道水会湿身。看到陆地令他们惊恐。他们总是游回水底。

*

认识我的人，谁会相信我喜欢人多的地方？然而我内心似乎真的渴望被人围绕。夜幕降临，我寂静的房间里人越聚越多，变得嘈杂。宁静的酒店的回廊里人头攒动，摩肩接踵地交错而过，楼梯拥挤不堪，上下的电梯总是满的。埃德加·基内大街上人山人海，卡车、公交车、大巴车开过去，载货列车开过去，似乎还不够，一艘大得像"诺曼底号"的轮船趁着夜色，停泊在大街上，成千上万把锤子欢快地敲打着等待修补的船体。

我的窗口，一个巨大的烟囱吐出大团的烟，让人想到劳作中的机器和人类的强大。

我的房间则光秃秃的，从天花板垂下来的帘子让它看上去像庙会，来来往往的人越来越多。大家都很活跃，稍微一动就会碰到别人的胳膊或腰。因为光线暗淡，害怕孤独的男男女女又多，大家都神奇地缠成一团，想不起狭隘的私欲。这就是我房间里奇迹般复活的集体。集体精神，我们唯一的神灵，让我们拥抱在一起。

*

我一闭上眼睛，一个胖男人就坐在我面前的桌子上。胖，应该说巨胖，只有在最夸张的漫画里才会看到同样的胖子。我以为他准备吃饭了。他那张大嘴，除了吃还能做什么？但是他并没有吃。他只是助消化的那一类人，让别人时刻想到吃。他的头露出兽性，他的肩膀将兽性延伸开去，让它显得合理。他出现在我面前显然占了上风，我瘦小，已经躺下，正要入睡，而他巨大、强壮，还坐着，仿佛只有超过一百公斤的人才能坐着，看得真切，而我，只能抓住倒影。

但是我与他之间，什么都没发生，他坐在桌边。他没有靠近我，迟缓的动作没有靠近我。到目前为止，也就这样了，他不能再往前，我能感觉得到，他也感觉得到，稍微走一步，都会让他退后。

*

漫长的一整夜，我都在推一辆独轮车……沉重，沉重。独轮车上歇着一只巨大的蛤蟆，死沉……死沉，它的体积在夜里不断膨胀，达到猪的大小。

蛤蟆长这么大的体积很罕见，保持这样大的体积很罕见，让一个更想睡觉的人看到这堆体积，并为它出力，实属罕见。

*

几只巨大的鞘翅，和交错的昆虫脚，绿油油的，出现在我房间的墙壁上。

翠绿的颜色，各种片段、碎片、肢节，无法组成躯体的形状。它们像一只不堪数目的重压而死亡的高贵昆虫的遗体。

*

清晨醒来的时候,我看到我带镜子的衣橱顶上,盘踞着一个被可怜地压扁了的蛇身男子。

这扭成一团、像内脏一样泄气地层层叠叠的肢体,是否都属于这个疲惫的、几近崩溃的小脑袋?应该是吧。一条过长的腿荡下来,贴着镜子,可怜得无法形容。这条橡胶腿,怎么会跑到上面去的?无论这些看上去柔软无骨的蛇人的筋有多出人意料,这条腿最终荡了下来。蛇身男子被压得扁平,一动不动,我为什么要去管他?我觉得他不适合来陪伴寂寞的我,跟我对话。他被无形哑铃的下坠力吸引着,又不知道被那种滚筒压扁过,他躺在那里,高高在上,但是躺着。

每个清晨都是如此。随我入夜的,就是他。

*

昨夜,是地平线之夜。首先一艘船突然出现在海面上。天气恶劣。

然后一条大街挡住了大海。这条街宽得被误认为地平线。几百辆车并排通过,像在英国一样靠左行驶。远处靠右,我似乎看到,但不肯定,明亮的扬尘让人猜想那可能是反向行驶的汽车。

一座高架横穿过大街，也同样看不到尽头。这条街，更像一个省，在上面开车，十分神奇。

尔后我到了一座大楼前面。它是一座宫殿，一座有皇家气派的宫殿，而不是出自某个没有价值的新贵建筑师之手。它的几百层楼静默地矗立着，底部和内部没有传出任何声音，楼顶消失在云雾里。

我们从外面，从主楼面爬上去，缓慢地；没有一扇窗户探出一张面孔。没人好奇，没人欢迎，一个人都没有。然而，一切都维护得很好。我们慢慢地爬向依然不见踪影的皇宫阳台。我们就这样爬了两百个台阶，但是，等我们终于看到高处的皇宫阳台的边沿时，夜深了，乌黑一片，我们只能又爬下去。

*

婴儿被放在一张大床上。床的另一头，母亲失血过多，筋疲力尽。一只猫跳到床上，犹豫地把爪子放到男孩的脸上。随后，它快速地用爪子在粉红色的隆起的鼻子上轻轻抓了三下，鼻子立即流血了，红色的血，比鼻子的颜色深多了。

床的另一头，厚厚的被褥下，母亲累得头也动不了，束手无策。她已经感觉到大理石般的冰冷、沉重和光滑。

然而，婴儿在猫的注视下乱动，挣开了襁褓。

她瘫成这样，怎么能够帮忙啊？猫显然乘虚而入，漫长的好机会，因为猫喜欢沉思。我不知道它到底做了什么，但是我记得，它忙着用爪子迅速抓挠孩子的脸颊，我记得母亲因为不能喊叫，借着一丝绝望而紧张的气息，说"开死的猫"（她用了开，以显得更有力），然后她竭尽全力冲着猫吹气，随后惊恐地停了下来，气绝的她明白，她刚刚扔掉了自己最后的武器。不过猫没有跳到她身上。然后我就不知道它做了什么。

*

车站外面，没有城市，也没有村庄，只有一块四方的泥土地，对着乡村和荒废的农田。这块地的中间有一匹马。一匹异常高大的布拉班特马，脚上长着浓密的毛，似乎在等人。它的四条腿，就像支撑房屋的四面墙。它驮着木制的鞍。终于，它转过一点点头来，哦！真的只有一点点。

我翻身上马，抓住浓密的马鬃。这匹马尽管十分笨重，还是成功地将一只蹄子提离地面，然后另一只，走了起来，缓慢，庄严，似乎在想别的事情。

但是一旦走出小院子，因为一条路都没有，马儿有了自信心，恢复了欢乐的本性。显然它的蹄子完全缺乏协调。

有时候马儿掉头，沿着排成直线的石子往回走，或者跳过花丛，然后，也许为了不负盛名，它找到一簇高高的灌木丛，闻一闻，观察了一下四周，往后跳跃了几步，又全速奔回来，通常到障碍物面前就止步。显然，它应该能跳过去，但是它太紧张。

走走跑跑两个时辰后，还是看不见任何农庄。

夜幕降临，我们被无数小母马围住了。

无需多言

人——他的存在——只不过是一个点。死亡吞噬的就是这唯一的点。他必须当心不被围住。

有一天,在梦中,我被四条狗围住,一个恶毒的小男孩在指使它们。

我打他,异常艰难,我永远都会记得。真不容易!我肯定打中了,但打了谁?我的对手被打得消失了。我没有受他们的外表蒙骗,相信我,他们也只是点,五个点,但是很厉害。

还有,癫痫就是这样发作的。那些点踩着你,把你消灭。它们吹着气,你被包围。第一次发病能推迟多久,我寻思着。

呼吸着

有时候,我深呼吸,突然,因为我总是分心,世界随着我的胸脯抬起。也许不是非洲,但是些伟大的东西。

我身边,大提琴的声音,整个乐团的声音,嘈杂的爵士乐,逐渐沉寂,越来越低,窒息。

它们的轻伤(以第一百万个毫米来组成一米的方式)混合进电波,这些电波来自四面八方,互相催生,互相帮助,成为一切的支撑与灵魂。

新婚夜

如果，结婚那天，您回家的时候，把您的妻子泡在井里过夜，她会震惊。她之前隐约的担心根本没用……

"哎哟，哎哟，"她想，"婚姻，原来是这样的。所以才把婚姻习俗保持得如此神秘。我被骗了进来。"

但是她很恼火，一言不发。正因为如此，您可以长久地把她按在井里，反反复复，也不会在邻里引起公愤。

如果她第一次没明白，以后也很少有机会明白了，那您就有很多机会安全地（除了肺炎）继续下去，如果您感兴趣的话。

至于我，在别人的躯体里比在我自己的躯体里更疼，我不得不很快就放弃了。

有关松树的建议

单调的声音不一定让人平静。钻孔机无法让任何人平静,也许除了工头。然而,正是在单调的声音中您最有机会找到平静。

吹过松树林的风的声音令人愉悦,是因为这个声音没有棱角,它是圆的。但是它毫不浑浊。(或者它让人平静,是因为它让我们联想到一个重要的、宽厚的生灵,做不到暴跳如雷。)

然而,不能多看在大风中晃动的树顶。因为假如我们设想自己坐在树顶,被这么摇晃,我们会因为上面怪异而美妙的晃动,比坐在秋千上或电梯里,更自然地感到身不由己。尽管努力不去想,走远一点以确信要不要去思考这种摇晃,我们还是不停地去想,总觉得自己坐在一棵松树晃动的顶端,再也无法回到地面。

有关大海的建议

对大海也要特别留意。暴风雨的天气，我们习惯到悬崖边散步。尽管大海凶险万分，在潮起潮落中愈来愈猛烈，景致依然很美，而且令人安心，因为如此惊涛，如此巨浪，足以掀翻火车，却只将我们淋湿了些许。

然而，如果是一个小海湾，大海或许没有如此汹涌，但是来自四面八方的力量汇集到一起，最好就不要去看了，因为最凶猛的力量没让你气馁，而这起伏不定、深不见底的海面，上上下下、犹豫不决的一池水，好像很痛苦，像人一样吃力（它动作迟缓、局促，仿佛计算过），这样的水让您觉得自己内心缺乏真正的、随时可用的基础，连地面，似乎也随着您的思想，从您的脚下消失了。

歌剧院大街的汽车

如果您住在歌剧院大街，以为大量的汽车开过这条街，那就想错了，错得您都不想多说。来来去去一直是同一辆车，踩离合器、加速、按喇叭、换二挡、猛地停下来、开出安亭路、又从万塔杜尔街绕回来的，是同一辆车。都是因为它，我们城里人都得了神经衰弱。它神出鬼没，还没有开过去，就已经开回来了。它在旁边的街上刹车，全速开回来，已经准备好再次绕迷宫了。永远不满足，总是急匆匆。蛮横、无趣，这个老姑娘真叫我们想念。

路易十四当年来此，喜欢张扬他来过了。但是他从未听见过这种发出噪音的机器。没钱。他那个年代，最时髦的人（天知道有没有呢！），也不会向他推荐汽车。

精子的天空

男人精子的外表出奇地像男人，我想说，像他的性格。

女人卵子的外表惊人地像女人的性格。

精子和卵子都非常小。精子非常、非常长，真的跟固有观念一致。卵子显得既无聊又和谐。它的外观几乎是一个球体。

不是所有的精子都像人的精子，远远不是。螃蟹的精子，还有龙虾的精子，像花冠。那柔软、晶莹的手臂，寻找的似乎不是雌性，而是天空。

然而，螃蟹定期繁殖，我们于是可以猜想不是这样的。

其实，我们对螃蟹的天空一无所知，尽管很多人都抓过螃蟹的脚，想好好观察它。我们对螃蟹精子的天空更不了解。

湖

  人类离湖再近,也成不了青蛙或狗鱼。

  他们在附近盖别墅,经常下水,成为裸体主义者……不要紧。背叛人类、无法呼吸,而忠于鱼类、营养丰富的水,继续将人当做人,鱼当做鱼。直到现在,还没有任何一个运动员敢吹嘘,受到别样的待遇。

风

  风试图将波浪吹离大海,但是波浪显然依恋着大海,风执着地吹……不,风不想吹,哪怕变成暴风、狂风,它也不想吹。它像疯子,像怪人,盲目地伸向完全平静的、没有风的地方,最终安静下来,安静下来。

  它对海上的波浪根本无动于衷。无论波浪在海上,在钟楼,还是在齿轮里,或者在刀刃上,都跟它无关。它去往寂静、安宁的地方,终于不再是风。

  但是它的噩梦已经持续了很久。

每个人的小烦恼

蚂蚁不担心老鹰。老虎的狂怒、凶残，于它毫无意义，老鹰凌厉的眼睛，吓不住它，根本没用。

蚂蚁窝从来不会有老鹰的问题。

跳跃的光线不会让狗感到不安。但是，一个微生物看到光线射过来，光线里的物质略比它细小，却数量众多，多而硬，急速紧逼而来，将它解体，摇晃致死。连拼命让男女关系复杂化的该死的淋球菌，也绝望了，不得不放弃它顽强的生命。

画　评

我画的几张铅笔画，几个月之后在抽屉里翻了出来，我很诧异，如同面对着一场从未看过的戏，更确切地说，从未看懂的戏，现在清晰起来了。

1

这大概是三个男人，每个人的身体，从上至下挤满了一团团面孔。这些面孔互相支撑，病态的肩膀专注于敏感的脑力思维。

连膝盖都在努力探望。这不是笑话。它们舍弃平衡，密谋变成口、鼻、耳，尤其是眼睛，髌骨里抠出来的绝望的眼眶（髌骨似乎是最最复杂的）。

这就是我的画，就这样展开。

一张急着冒出来的面孔，从腹腔深处出发，侵入胸腔。入侵的时候它已经变成了复数，它多了几倍。层层叠叠的脑袋虽然还很隐蔽，遭到撞击才会露出来，也不过是一张无法诊断的画。

这一堆脑袋勉强组成三个人，心惊胆战怕丢了性命。皮肤表面凝视的眼睛急于观望，害怕错过好戏而焦虑万分，它们来到外面，来到人世，来到人世，就是为了这场戏。

于是，脑袋几十个几十个地冒出来，是这三具身体的恐怖之处，丑恶的大脑一族，不择手段来打探，连脚背都想知道世界的模样，不仅仅局限于地面的模样，想了解世界的模样和世上的问题。

所以谁也不愿意做腰或手臂，都想做脑袋，不肯屈就。

所有这些部位组成三个惨到令人惊愕的人，互相支撑着。

2

他怎么这样观望！（他的脖子延伸到身体的三分之一长。）他多么害怕观望！（脑袋扭转到最左边。）

几根头发充当天线，传导恐惧，惊恐的眼睛也用作耳朵。

惶恐的脑袋勉强支配着两三根带子（是带子，肠子，还是包裹在髓鞘里的神经？）

不知道是从哪场战役逃出来的无名战士，苦行的躯体，只是几根带刺的铁丝。

3

这巨大的身体，摸不出来，像一把做作的花边大阳伞，呈锯齿形，或连绵的岛屿，布料如蜘蛛网般轻薄。

小而硬，却警觉的脑袋，似乎在说"我坚持住"，又能对它做什么、说什么呢？

脑袋能对这个四散漂浮、比自己大六十倍的身体，苛求什么呢？仅仅为了控制住它，脑袋已经拼尽了全力。

这个脑袋可以说是拳头，而身体是疾病。拳头控制疾病扩散。它只能做到这一点。把各个部分归到一起，超过了它的能力。

但是这个身体飘得真快！它出去呼吸空气，像一张帆，像街区，像一切……

肺多想像一排木筏一样开动，但是严厉的脑袋不允许。

它没办法让各个部分紧密相连相合，但至少不让它们逃跑。

4

这一个,三只手臂来保护也不嫌多,三只手臂连成线,一只掩着一只,手则准备推开任何擅自闯入的人。

因为睡眠中您的敌人就会乘虚而入,的确要提防他有打您的巨大欲望。

和平英雄在三只竖着的手臂背后,等待着下次攻击。

5

这里,章鱼变成了人,眼睛过于凹陷。每只眼睛自成一体,独自拥有一个小脑袋。(圆框眼镜变成了脑袋!)但它们显然思考过度。它们顺着眼镜的光圈、眼窝的深度思考,这很危险:眼镜改善视觉,但无助于思考,还逐渐一铲一铲地扫光(人的)脑袋。

6

这如果不是马,倒很像一团火焰,如果不在火焰中，它应该是一匹好马。它在空间里跳跃。火热彩色条纹、熊熊火焰中的艳丽屁股真不像屁股！至于它的腿，像昆虫的触须一样纤细，但是马蹄轮廓清晰，也许有些过于"浑圆"。我的马就是这个模样，一匹永远不会有人骑的马。一条轻盈并且敏感的缎带，绕在它头上，让它有了近乎女性的精致，仿佛在用蕾丝手帕擤鼻涕。

幸好，幸好我把它画了出来。否则我永远不会看到这样的马。一匹很小的马，您知道，一匹真正的马。

离地迎风，虽然两只前蹄像两支铅笔一样竖着，在纯净的气氛中却显得更加结实。它奔向天空，像火焰一样腾起。

7

这匹马，对这头马鹿，说着话。它对它说着话。它比它高很多。它的头高高在上，意味深长，它肯定吃过很多苦，久经屈辱，得以解脱。它的眼睛流露出严厉的谴责。您见过马眼周围和上面的皱纹吗？笔直，一直延伸到额头顶端。没有。没有哪匹马比它更像马。没有皱纹，它就不能表达同样的威严。它自然不是那种可以套上缰绳的马……虽然还有比这更悲惨的。

瞧，稍远处，另一个动物正跑来。它突然停住！站起来，观望着，想先摸一下情况，看得出它意识到了。

然而，马不停地对马鹿说，在富有说服力的凝视中说道：你怎么可以这样？唉，你怎么敢？马鹿生气了。其实不过是一只駊鹿，我怎么会错到以为它是一只马鹿呢？

8

在一个有花、家禽、捕蝇器、小山丘、带毛絮的种子飞扬的公园里，一个脑门鼓胀的优雅巨人搭着滑行车前行。应该是滑行小汽车，因为可以坐在里面，但是一点也不舒服。上面有一个倾斜的窄靠背，倒竖着。一只长长的手紧紧握着方向盘，而靠背的最上方，泰然出现了一个庄严的脑袋，脑门宽厚，如精妙的椭圆形的聪明的蛋，为转弯或往高处长的思想而设计。

另外一个画面中，其实就在他旁边，一个双腿绵软的小丑全速奔跑着。

9

这个脑袋上不仅长着头发,还有一圈小女子。或者说她们围成一个圈,已经有三个就位了,去拉别人的手。这一切发生在哪里呢?美丽的平胸黑公主爱做梦的大脑袋上,哦,个子很小,哦,很小的公主。

10

这两个人来到这一页是为了观望吗?或者是为了吓唬自己,被他们看到的,只有他们能看到的奇怪的一幕,吓得无法动弹?

什么也无法缓解他们的恐惧。没有任何支撑。没有身体。这儿的人永远也不会有身体。

但是恐惧一过,也许他们就转身背对着这张纸,沉默的情人,互相依靠,无比清瘦,只有他们两个人,从世界的另一端,像一个偶然的细节来到这里,又悄悄地走向别的荒原。

步　骤

从前，我有自己的不幸。恶神把它从我这里拿走了。但是他们说："作为补偿，我们要给他一样东西。对！对！我们必须给他一样东西。"

而我呢，最初，我只看到这样东西，我几乎感到高兴。他们拿走了我的不幸。

仿佛这样还不够，他们给了我一根平衡杆。而我曾经走错过那么多路，我很高兴，我天真地高兴。平衡杆很实用，但是跳跃不再可能。

仿佛这样还不够，他们拿走了我的榔头和工具。我的榔头被换成一把更轻的榔头，又被换成另一把更轻的，如此延续，我的工具一件一件消失了，一直到钉子！当我想到这是如何发生的，到现在都惊讶不已。

他们接着拿走了我的抹布，我的破瓶子，所有的碎片。

哎，仿佛这样还不够，他们拿走了我的鹰。这只鹰习惯蹲在一棵死去的老树上。可是他们把它拔了，种了几棵活着的、强壮的树。鹰没再回来。

他们还拿走了我的光芒。

他们拔掉了我的指甲和牙齿。

他们给了我一个蛋去孵化。

愚蠢的幸福

那么我什么时候可以说说我的幸福？

我的幸福里没有任何瑕疵、痕迹、砂砾。

它不与我的不幸比较（它以前曾经出现过吗？什么时候？）。

它没有局限，它没有……没有。它哪儿也不去。它没有停泊，它那么肯定让我绝望。它夺走了所有的激情，没有给我留下视觉与听觉，它越……我越……

它没有局限，它没有……没有……

其实它不过是一样小东西。我的不幸要大得多，它有特性，有记忆，有增生，有负重。

那就是我。

但是这幸福啊！也许，是的，随着时间流逝，它会有个性，但是，时间，它不会有。不幸要回来了。它滚滚的车轮不会太远。它越来越近了。

走向安宁

灰烬王国

欢乐之上,痛苦之上,欲望之上,倾诉之上,堆着一望无垠的灰烬。

从灰烬之国,看到一长列寻找情妇的情夫,和一长列寻找情夫的情妇,预示着独一无二的快乐的欲望,在他们身上如此明显,让人觉得他们是对的,显然应该生活在他们中间。

但是身处灰烬王国的人再也找不到路。他看得见,听得见。再也找不到路,只有永远悔恨的路。

美妙微笑之原

在这高耸却贫穷的王国之上,躺着一个心仪的王国,毛皮柔软的王国。

如果偶尔有山丘、尖顶凸起,也持续不了多久,才出现，就消失在细小的皱褶里，颤动中的皱褶，又变得平滑。

"当一道海浪退去，遇到它的小朋友时，更多的海浪涌来，互相发出嘶鸣，先是嘶鸣，尔后逐渐寂静，再也碰不到任何海浪。"

哦！石板温润之国！

哦！美妙微笑之原！

衰 败

我失去的王国

从前我的王国大到几乎可以绕地球一圈。
我觉得不合适。我想缩小面积。
我成功了。
现在只剩下一小块地,针尖上的很小一块地。
我看到它,就用它来挠痒。
它曾经是很多美好国家的集合体,一个出色的王国。

耻 辱

从前我下了一个蛋,从里面出了个中国(西藏高原也是,但是晚一点)。所以说我下的蛋很大。

但是现在,蚂蚁遇到我下的蛋,立即把它放进自己的蛋中间。再诚心,它也分不清楚。

而我，看着这一幕，心里火冒三丈。

因为怎样才能跟它解释清楚，而不流露出我的羞愧，就算这样……？

"与其来找一只可怜的蚂蚁的茬"，它说，觉得受到了羞辱……

自然！我默默地咽下了耻辱。

地　窖

我有一个地窖。

从它的形状看，是地窖，从体积看，是汽艇仓库。

那儿有我的金条，我的珍宝，我的炮弹。

它的开口在一口井的上方，深不见底。

从前满是取之不尽的财富。

但是昨天，我拿出了一半炸药，在不远处引爆之后，竟然都没有听到声音，被一只栖息在草上、振动着鞘翅的蟋蟀的声音盖住了。

我想用金条犒赏工人，分配结束，每个人的手心里只有一点尘土。

而从前是一排排取之不尽的财富。

恐惧扰人的灯塔下

那不过是一个小小的光晕，没人看得见，但是他，他知道会演化成火灾，一场大火即将来到，而他，置身其中，必须设法应对，必须像从前一样活下去（还好吗？很好，您呢？），被尽职的、吞噬的火焰毁灭。

*

他面前有一只静止的虎。它不急。它有的是时间。它在这儿有事干。它毫不动摇。

*

……恐惧不放过任何人。

当发疯的深水鱼，焦虑地游向六百米深处的同类，撞击它们，弄醒它们，一个一个地问它们：

"你听到水流的声音了吗，你？"

"这里我们什么也听不见。"

"你们听不见某样东西发出'切'的声音,不对,更柔和一些,'七,七'?"

"当心,别乱动,再听听。"

哦,恐惧,残忍的主宰!

狼害怕小提琴。大象害怕老鼠、猪、鞭炮。刺豚鼠睡梦中也发抖。

疯人村

从前那么快乐，现在是一座荒芜的村庄。一个男人在屋檐下等着雨停，但是天寒地冻，很久都不会看到下雨的任何迹象。

一个农民在鸡蛋堆里找他的马。马刚被偷走了。今天是赶集的日子。数不清的篮子里有数不清的鸡蛋。显然，小偷早就想好了，让追赶他的人泄气。

白房子的一个房间里，一个男人把他的女人往床上拉。

"你要啊！"她对他说，"说不定我是你父亲。"

"你不可能是我父亲，"他回答道，"因为你是女人，而且没有哪个人有两个父亲。"

"瞧，你也担心呢。"

他气冲冲地出来，一个穿戴整齐的男人遇到他，说："如今已经没有王后了。坚持也没用，没有了。"他骂骂咧咧地走远了。

帝王蜘蛛的生活

帝王蜘蛛通过消化，毁灭它周围的东西。什么样的消化会在意被消化者的故事和个人关系？什么样的消化会打算把这一切记录下来？

消化夺走了被消化者自己都不知道的美德，这些美德实在重要，因为之后被消化者只剩下腐臭，臭得要深埋地下。

蜘蛛通常友好地靠近。它温柔、体贴，渴望交流，但是它的激情难以平息，它的大嘴非常渴望听听别人的胸膛（它的舌头总是不安而且贪婪），它最后必须吞下去。

多少外来者已经被吞掉了！

然而，蜘蛛马上就绝望了。它的胳膊再找不到东西去搂抱。于是它去找新的猎物，后者越挣扎，它越执拗地要认识它。它慢慢地把它引进体内，让它面对自己最珍贵、最重要的东西，毫无疑问，从这场对峙中，冲出一道独一无二的光芒。

然而，对峙者在永恒运动的自然中腐败，一场结合盲目地结束。

艾木和他的寄生虫

如今神气不起来了。艾木有个寄生虫，甩不掉了。

他在河里游泳的时候染上的。

他刚在水里把泳裤脱掉。他游着泳。就在这时虫子撞到了他的肚子上。它用牙齿咬紧了不放。

它似乎应该去找其他更合适的地方。它不在乎。落到哪里，它就不走了。

艾木羞愧地从水里出来，穿着睡袍回房间。

他躺在床上，看着那东西。

虫子的脑袋已经钻进肉里，那是一只很小的虫子，贪婪，但更胆小，吹口气都能让它发抖，它猛吸一口，快得如同拉回绳子。它像一只土拨鼠，很容易活满五年的土拨鼠。

艾木看到它的寿命在自己面前延长。它失去所有的枝节，变得像蚯蚓一样，光溜溜，软塌塌。

阳光从窗户进来，白天刚刚开始。

艾木和老医生

艾木从印度回来，一只腿肿着，不停地流脓，于是绕道去看一位住在黑森林里的老医生，给他看自己的腿和脓。

"啊，"医生说，"可能残留着一些老旧的细菌……一些老旧的细菌。"

年轻人担心自己的腿骨被细菌毁掉。

"不会，我觉得不会，"医生说，"我倒觉得它们很难堪。它们的好日子到头了，相信我。"他用宁静的微笑把他打发走了。

英雄时代

巨人霸拉搏，闹着玩，拽下了弟弟布马弼的耳朵。

布马弼一声不吭，但假装一不留神捏紧霸拉搏的鼻子，鼻子被扯掉了。

作为回应，霸拉搏俯下身，拗断了布马弼的脚趾，先是假装用来玩抛接游戏，然后迅速把它们藏到背后去了。

布马弼很惊讶。但是他很精明，不动声色。相反，他假装缺几个脚趾无所谓。

然后，出于反击心理，他抢走霸拉搏的一瓣屁股。

霸拉搏，可以肯定，对他的两瓣屁股都很珍惜。但是他隐藏自己的感情，立即回到战斗中，极为残暴地用力拉掉布马弼的下巴。

布马弼极为诧异，但是又不好说什么。这次攻击实实在在，从正面打来，没有欺诈。

布马弼甚至试图微笑，难啊！哦！难啊！

外面不合适，里面也不合适。他就不去费这个劲了，但是下决心，继续战斗，瞄准肚脐眼，打穿肚皮，把霸拉搏的脚拧歪，塞进肚皮上的洞里，固定在伤口处，像块界碑。

霸拉搏没有预料到。

他仅剩一只没有脚趾的腿，难以平衡。但是他若无其事，假装很自在，四平八稳，静候着。

这时候，几乎胜券在握的布马弼犯了一个大错误。他越靠越近。

于是，霸拉搏像离弓的箭扑向他，把他的一只胳膊拉脱臼，又抓住另一只胳膊，也几乎拉脱臼，然后巧妙地跌落在倒霉的布马弼身上，把他的双腿压断了。

布马弼和霸拉搏躺在一起，几乎筋疲力尽，疼痛难忍，徒劳地想掐死对方。

布马弼的大拇指正好按住脖子，但是使不上劲。

霸拉搏的手还有力，但是握得不对，掐布马弼的脖子也没有用。

对抗局势到达顶峰，两个兄弟的心脏越来越弱，他们看了对方片刻，愈来愈冷漠，各自转向一边，昏了过去。

战斗结束了，至少今天。

乙　醚

序　言

人有一个被忽视的需求。他需要软弱。这就是为什么，禁欲，精力过剩的病，在他看来，尤其难以容忍。

无论如何，他需要被打败。每个人都有一个基督在保佑。

人处于巅峰的时候，精力最旺盛的时候，想要栽跟头。他再也克制不住，便去打仗，死亡终于让他得到解脱。

以为男人有强大的性能力，只是一种幻想，他至少会感觉自己强大，并喜欢强大。可惜，他比别人更急于摆脱自己的力量，仿佛自己有被它窒息而死的危险，他不停地找女人，等待她们解救他。其实，他只想着跌入最彻底的软弱中去，把自己最后的力量，从某种意义上来说也就是他自己，摆脱掉，只要他还感觉得到自己的人性，他就还有力量需要释放掉。

但是，他很有可能遇到爱情，却不大可能在体验过爱情之后，长期舍弃爱情。不过，一方或另一方偶尔会期望更多地失去"自我"，剥光自己，在虚无（或全部）中颤抖。事实上，男人上过很多船，但是那才是他想去的地方。

如果他坚持禁欲，如何才能摆脱他的力量，获得安宁？

气恼中，他求助于乙醚。

象征着有意开始走向毁灭的捷径。

于是，三秒钟内，他的力量，已经不成问题了。他每一秒都在下沉，到达比前一秒无限低的水平。半分钟不到，所有的储备就消失殆尽。

他躺在瞬间挖出来的离地表几公里深处的地窖，独自待在自己深邃的坟墓里。那儿水流湍急，他终于不再是主宰、指挥中心、总参谋或部下，他只是发出细微声响和回音的受害者。他也不再乱动。脑海里涌起万千思绪。但是他都无法去应对。他冷，马上认为他认为自己冷，他刚为自己能想到这些而欣喜，马上就看到自己因此而欣喜，于是就看着自己欣喜地看到认为自己看到自己认为自己冷，如此置身事外，他不再是自己，而是隐藏在自身后面，观察自己，他终于以为自己迷失了。但是他中断的意愿，并不习惯这种镜像分裂游戏，支撑不下去了，必须继续让步，一而再，再而三，完全放手，只当证人，证人的证人，持续几秒钟的场景中不断远去的回音，以惊人的速度离开。

　　无眠的漫长工作日带来的疲劳，在这简短的一分钟内延续开来。空间和时间以一种新的方式相交。他不再是男人或女人，只不过是一个皮囊。但这个皮囊害怕外面的声音进入空洞的内部，响亮而庄严。但是脑子看清局势，立即高速运转去分析，又开始后退了。假如他计划去体验某些声音，那么下一次他再吸乙醚的时候，自己几乎立即隐身背后，计划记录这个计划，记住他记录这个计划，为这个打算中的计划感到吃惊，为记录计划吃惊而感到吃惊，看着自己看着自己嘲讽为了看着自己忙于为这个时候构思计划居然吃惊而吃惊。最初思想的哨所连连退却、后撤，以至于它远不是大多数思想那样的伴侣，但是它的内容代表将来，它出现之后也远远不是过去，相反，绝对超级现代到令人窒息。

　　这里完全不再清醒，所有的结都解开了，所有的拳头都松开了。悟透了生活，他躺在不知道哪里的底部。

　　然而，第二天，他感觉很奇怪。都不需要撞他，他就很容易让路。他觉得他的保护神离开了他，盾牌也一样（原来我们有这些来保护自己！）。他觉得孤独，没有了包装，像蚯蚓，没了壳的寄居蟹，有些难为情，对自己说："今天，我没有勇气。没办法，不管怎么样，我都不可能有勇气。"

这种缺乏勇气的状态，仔细想想，让他几乎泄气，如果他内心有一个坡，他会滚下去。但是他都不给泄气一个下坡。他平横着，不受纷扰。

他在困境中，不应该去找咖啡因。

危险的咖啡因立即龙卷风似的激发出情欲，寻找"另一个"的需求，找不到的"另一个"，咖啡因稳稳地把仙人掌长久地扎进你的心里，把你从一个跳板扔到另一个跳板，让祈求爱情的你远远超越你自己，以至于最浪漫的理想女人，也要再万分努力才能合你的要求，看情形，你在急于摆脱孤独的时候，必然要孤独下去。

这只是关于咖啡因的一些看法。让那些喜欢咖啡因的人去展开吧。

如果出发后，很容易返回，就算是吧，但是要抓回已经散开的毛线团，远远不是这样。要去很远的地方取回着魔出去浪荡一圈、忍辱负重回来的线头。

既然只能用看起来混乱的方式，去填写大量的表格，远远多于之前打算填写的几个表格，用几个跳跃困难的词不恰当地总结它们的状态，于是那个只想依赖乙醚并想观察自己状态的人，让女人来他的房间。随他去吧。

显然，她是为乙醚而来的。但是，爱情比吸引她来的乙醚的欲望更强烈，沉睡已久的、蜷缩成一团的、昏昏沉沉的爱情更加沉重、浓厚，它在空气中弥漫开来，要求得到满足。于是他们在遭受多年的威胁、关怀之后，终于圆满了。

现在，他们结合在一起。

但是为什么不一起试试乙醚呢？或许他暗自希望（他对无边无际充满渴望）乙醚能将他们分开，把他独自扔进无边无际的虚无里，超越一切可能的批评，迷失自我，虚无亦友亦敌，可以大胆地、厚着脸皮向这个伟大的他者投降。

棉球已经准备好了，味道从打开的瓶子里飘出来，对她来说出来的是乙醚的味道，而对他来说出来的是锋利的刀，将切断他的存在。他给了她湿润的棉球。她挣扎了很久。好像吸乙醚是很奇怪的。也许她以为乙醚会让她坠入爱河。他惊讶地看着她。但是最终乙醚起作用了。他也吸了乙醚，很快就被带走了。

赤裸地依偎着，内在的赤裸，连赤裸的身体也抛掉了，极为重要、庄严。

世界越来越远，越来越远！

他们所在的地方，类似地窖，冰冷的井，远离一切奇怪的问题。

一个人的脑袋颤抖着，另一个人的脑袋也在颤抖着，谁都认为并知道对方在颤抖。这一次他们真的很孤独。他们前所未有地发现他们是孤独的，他们俩，只有他们俩能够互相理解，尽管他们的本性迥异，却因一模一样的身份（在比整个人生都更真实的片刻之内取得令人扼腕、惊愕的相似）联合起来，尽管多年的行为千差万别，似乎不可能同行，但是他们联合起来，奇迹发生了：同一辆雪橇载着他们去往同一个迷失世界。

尽管一个小时之前她才坦率地表露爱意，但是她自己都惊呆了，为彻底地、奇特地不可理喻地跟他在一起而惊呆了。"世上只有他们俩"。她之前用激情的、寓意深刻的语言说渴望的正是这些。现在她面对重要的约会，沉思着，毕恭毕敬。

夜里出租车远去的声音，一直都听得见……

夜里出租车的声音显得很庄严，在夜里急速远去。

床头柜上的小闹钟夸张地宣告着秒钟的离去与到来。

绝不是谎言，仿佛是大教堂的钟在我房间里敲打。

神奇的乙醚之夜的声音就是这样的，从不迟疑，总是深沉的高贵。

嗓音也是这样。

当她说："我们离一切好远啊！"她的这句话听上去有一种奇怪的意味。嗓音里有着小号一样的坚决，似乎独自在大剧院里，在巨大的舞台上，面对着无数观众说话。它是多么洪亮啊！能听到回音，然后变得模糊，最终消失。

于是另一个回答说："是啊，我们好远啊！"这些富含意义的句子，两个人都知道，这些只对他们富含意义的句子，听到后消失的句子，他仔细一想（她也一定在想），与轻歌剧惊人地相似，挑逗的唱段真诚而愚蠢，庸俗的跳板，拙劣地模仿毫无意义的情人对话。

两个人都注意到声音被出奇地放大，他们的对话继续上升，庄严其实很平庸，彼此都越来越惊愕。一个人说一样东西，另一个人正要说同样的东西，于是重复同样的东西。似乎没有可能说别的内容。他们是绝对的双胞胎。不再刻意追求与对方不一样。同一性！同一性！

如果对乙醚的宣传，有爱情的十分之一，很快全世界都会沉迷乙醚。第一次都会这样想。其实是错的。最重要的纯洁。谁不知道吗啡瘾君子，满脸皱纹，靠毒品牟利的老鸨，带着固有的傲慢，只剩下一具沉睡的骨架奉献给毒品，仿佛不再知道爱情滋味的妓女。

第一次把健康、力量、无知的灵魂奉献给爱情或乙醚的时候，共鸣是多么深邃、神秘！只有这个最重要，这次相遇……

当脆弱的人失去意识，谁会注意到？但是，当一个强大的人失去意识，场面空前。第一次吸乙醚会出现这样的情况。

但是渐渐地，虽然快感几乎一样，我们依赖不断增强的批判意识，越来越紧密地控制它，但也因为要小聪明而失去人体的大幅波动带来的享受。

于是我们只关注快感带来的一点点颤动，把它们隔离开来，抵抗批判，但是对于其他的，我们都要控制。爱情已经绝望到千篇一律，我们还是跟世界上所有种族的女人做爱，而只让我们得到虚无的乙醚令人失望。

大脑一旦开始抵制，最好跟乙醚说"永别"。

什么不会被大脑杀死？我们真的要思考。

但是不要着急。等上一两个星期。谁知道呢？这个独一无二的魔术不可能已经过时了。的确，时间一过，我们又发现了它独特的样子，不知道从何而来。

我做了一个实验。如下：既然声音在乙醚引起的亢奋状态中最为重要（动作也有点重要，如果你在最亢奋的时候开灯，环顾房间四周，或者浏览一本插图杂志上的图片，几乎没有区别，关注程度大同小异，那么必须把灯关掉，让乙醚显示功效），我就准备一些唱片，放一张到留声机上，吸入乙醚，关灯。唱片再现玛丽安·奥斯瓦尔德[①]唱现代歌曲《苏腊巴亚-乔尼》的声音。最初没有任何变化。我再吸。突然间，她的声音进入房间，终于真正说出她不幸爱情的真相，值得去听，对我诉说，我应该倾听。歌曲不紧不慢地唱下去，语调非凡。虽然这张小唱片并不长，它花了大量的时间让唱针跑过整张唱片，也让我有时间经历各种状态。

[①] 玛丽安·奥斯瓦尔德（Marianne Oswald，1901—1985），法国歌手、演员。——译注

我又吸了乙醚，准备听曼努埃尔·德·法雅①的唱片。选得可能不好，因为这一段不够感人，但是我的欧洲音乐唱片很少。整段时间里，我觉得乐曲一直很正常，甚至以我当时的思想状态而言，有些活泼。我猛地吸着乙醚，于是吸乙醚的快感出现了，与性快感一样，就是持续几秒的那种递进式的颤抖。这一刻，本来活泼的音乐显得迟缓，似乎所有的演奏者，看着指挥，等了吸乙醚的先生恢复平常状态再回到正常的速度。

<u>这些颤抖</u>②，清清楚楚的有四次，混乱的超过十二次，钻进我脑袋里，让它发抖，可能不止十二次，也就是说，可以看到，显然超过通过做爱可以得到的次数，而且，第二天，没有相应的疲劳。

下面一张唱片，一张中国唱片，颤抖是一样的，迫使这段我素来熟悉的音乐在我身边暂停，直到我"恢复原状"。

吸过乙醚的第二天总是非常奇怪。走到外面，支撑你的，不是食物，哪怕你刚刚吃过，而是春天，为

---

① 曼努埃尔·德·法雅（Manuel de Falla，1876—1946），西班牙作曲家。——译注
② 至于它们的强烈程度，知道性高潮比起来几乎察觉不到就可以了。——原注

了你而复苏的春天，反季节。脸用不知道什么冰冷的激流洗过。你的眼睛里能看到某种吃惊的纯洁（其实来自听觉）。仿佛第一次听到了自己的生命。枕骨还没有饱满。你惊奇而天真地看着这个动荡的、出格的世界，生硬、抵抗、缺乏灵活性，看着这些运动中的重量，绝对不想去干涉。你带着天使般的神情，怀念刚刚离开的国度，怀念它高贵的贫穷，怀念它宽广的疆域，除了一些普通的声音，非同寻常的主角，别无他物。

但是最终，弓形骨长成，脑袋填满，也就是说内部填满了思想，以及另一个更有吸引力的力量，这个世界的景象：于是你重新被启动，"恢复原貌"。

乙醚和做爱是男人抵抗时间的两种诱惑和袭击。时间在快感的颤抖中被驱赶。与之前的时间段割断联系，可以重新计时，从……开始。

男人忍受不了时间。幸好他不需要一生都去忍受他的生活。否则一定受不了。他的生活以天计算，或者两天、三天、四天，但是他被这一百个小时过度拖累，各种感觉不断累积、聚集，却不能真的深入，让他恼火，他真想把他的生活扔进火车交会区段，引发事故毁掉。这种时候，如果有拳击手把他打倒，他会觉得舒服。

因此,他不再禁欲,因为忍受不了时间。

无物可食的时间紧跟着更加完善。第一天的痉挛过后,偶尔第二天也有(微薄的享受),留下的只有时间。无休无止的白天!

第二天同样的白天重新开始,第三天也一样,无休无止的白天过后的那一天继续下去。力量越来越弱,渐渐脱离一切,剩下的力量只能勉强地在噩梦里看着时间缓缓地流逝。

又开始吸乙醚,几乎没什么兴趣,内心绝望地干涸了,思想开始转向批判,某一刻战胜了注意力:快感一阵阵袭来的那一刻。坍塌。无论试多少次,还是坍塌。思想快得像机枪扫射,回音出乎意料[①]。心里从来没有做好准备。这种思想的震颤完全是"意外"。

即将溺水而亡的人思维迅捷,一幅幅巨大的全景,几乎他们的一生,一闪而过。

我们不由惊恐地想到一个溺水七次又被救活七次的人。他带着某种惊骇,发现奄奄一息中永恒的新

---

① 从处于正常状态的思想活动开始,其中一个活动尤其让人想到这个现象。要求严格的人严格要求自己时的思想活动。思想——回应,自我批评的自我批评,思想永远在倒着走,自己追捕自己。——原注

意，突然急速走向心里没有准备好的东西。每一次，他如果能复生就制定新的目标，每一次，他都发现他没有达标，七次奄奄一息，没有第八次可以恰当地奄奄一息。从吸乙醚的快感中得到的这种感觉，最尖锐，最稳定，最令人担心（避免说它对什么都失去了兴趣）。

反 对！

我给你们造一座城，用破烂衣服，我！
我给你们造，没有图纸，也没有水泥
一座你们摧毁不了的建筑，
由某种带泡沫的显然支撑着，鼓吹着，一直叫嚷到你们鼻子底下，
到你们所有帕台农神庙、阿拉伯艺术和明朝皇帝冻僵的鼻子底下。

用烟雾，用稀释的雾气，
和鼓皮的声音，
我给你们建巍峨、壮丽的堡垒，
完全由骚动和摇晃组成，
你们几千年的秩序和几何，
化为无聊、晦涩的话语，没有意义的沙土。
丧钟！丧钟！丧钟敲响，为你们所有的人，活人面临虚无！

是的,我相信上帝!虽然,他毫不知情!
信仰,是停滞不前的人穿不烂的鞋底。
哦世界,无法喘息的世界,冰冷的肚皮!
我反对,我反对,不是象征,而是虚无。
成吨,你们听好了,你们不肯按克给我的,我要成吨地抢。

蛇的毒液是它忠诚的伴侣,
忠诚,它懂得欣赏它的价值。
兄弟们,我受难的兄弟们,放心地跟着我。
狼的牙齿不会松开狼。
松开的,是羊的肉。

黑暗中我们也看得清楚,我的兄弟们。
迷宫里我们会找到笔直的路。
骨架,讨人嫌,爱撒尿,像个破罐子,这里有你的位置吗?
呻吟的滑轮,看你怎么感受四个世界绷紧的缆绳!
看我怎么把你四马分尸!

1933

我们其他人

在我们的人生中,没有一样是笔直的。
为了我们而笔直。
在我们的人生中,没有一样被彻底消耗。
为了我们而彻底。
胜利,完美,
不,不,不属于我们。

但是他用双手抓住空无,
追捕野兔,遇见狗熊。
勇敢地殴打狗熊,触摸犀牛。
赤条条,自己的心脏也被掏空。
被扔回沙漠里,被迫重组存栏数目,
这儿一根骨头,那儿一颗牙齿,更远处一只角。
这,是给我们的。

真想不到七头肥牛这个时候诞生了。

它们出生了,但给它们挤奶的不是我们。

四匹长着翅膀的马刚刚出生。

它们出生了。它们只想着飞翔。

拦都拦不住。这些畜生,几乎飞到星球上。

但是被驮走的不是我们。

属于我们的是鼹鼠、蝼蛄走的路。

而且,我们已经到了城门口。

重要之城。

我们到了,毫无疑问。是它,正是它。

我们来的时候……离开的时候受了多少罪!

放在身后的手偷偷地缓缓松开了……

但是进城的不是我们。

进去的是精力充沛、神气十足、自命不凡的年轻人。

而我们,我们不进去。

我们不会走得更远。停!不会更远。

进城、歌唱、获胜,不,不,不属于我们。

1932

我这样看着你们

那些看穿我心思的人，
也被我看穿。
寒冷总有一天会开口。
推开大门的寒冷将露出虚无。
我的壮汉们，怎么办？怎么办？
光着屁股的小家伙们还挺着胸脯，
用别人的嗓音和另一个时代的肺装样子，
我在一个剑鞘里，就看到了整个队伍。
你们在工作？棕榈树也在摇晃着臂膀。

你们这些战士，好心的士兵，被当作不计报酬的人卖掉。
你们美好的事业是卑鄙的。它在历史的长廊里会感到寒冷。
它好冷！
我看到你们系着围裙，真奇怪！

我也看到了基督——为什么不呢?

他还是一千九百四十年前的样子。

他的俊秀已经开始消失,未来基督徒的亲吻损坏了他的脸。

那就是说,通往来世的邮票依然很畅销?

好吧,各位再见了,我才一只脚进了电梯。

永别了!

抗议书

你送我什么?
你给我什么?
谁在冰冷的生存里给我酬劳?
鱼得到的是鱼钩。
那么我呢? 你给口渴的我什么?
你给我准备什么?

恶心对呕吐说:"来吧。"
但是呕吐,
像财富一样迟迟不来……
但是时刻,
像时代一样缓缓而去。
但这里究竟要说什么?
哦,愤怒,没有目的的愤怒。
哦,不,在蜘蛛网里不能笑。
我的孩子不像他们的父亲。

他们是狼。

他们比父亲跑得快很多。

他们的父亲永远跟不上他们。

而狼被吃掉了。

还有母鹿。

有着草食动物能力的母鹿,

过着平静的生活。

"不!"猎人的子弹说。

我受够了卡宾枪里的生活。

于是,猎人将它放了出来。

它快乐地到远处去杀人。

灾难彼此呼唤,

相互招揽。

"来这里作恶。"

于是灾难降临。

每场灾难都带着头脑,甚至战争,甚至死亡。

连听不见的聋子都听到了召唤,来占有一席之地。

你看见那只耳聋的老虎了吗?

场面少有,

神色恍惚,虽然镇静却不知所措,

穿过森林前行。
森林里的羚羊噗嗤笑着走开了。
既然用上了利爪獠牙,就不能再用听力。

用鞭子抽小姐,你来,
"可是,亲爱的……"
但是用人们,眼里冒火,把她的衣服脱光了。
"嗨,安静点,我的美人,别把自己勒死了。"
幸福,幸福!
有的人需要洋葱才哭得出来。
有的人不需要。
我们把她的一只乳房拽下来,然后扔掉。
还剩下一只乳房要拽。

1933

我的人生

你弃我而去,我的人生。
你走了,
而我还等着迈出脚步。
你到别处发动战争,
你就这样背叛了我。
我从来没有跟着你。

我不明白你的慷慨。
我想要的一丁点东西,你从来没有给予。
因为这份缺憾,我的渴望太多。
渴望太多的东西,几乎无穷无尽……
因为这一丁点的缺憾,你从来没有给予。

1932

冰　山

冰山，没有护栏，没有围墙，被击落的年老的鸬鹚，刚死的水手的灵魂，到冰山上凭倚迷人的北极之夜。

冰山，冰山，恒冬里没有宗教的教堂，包裹在地球的冰盖里。
你那寒冷塑造的边沿是那么高耸，那么纯洁。

冰山，冰山，北大西洋的脊梁，冰封在无人凝视的海面上的庄严的菩萨，没有出路的死亡的闪亮灯塔，沉默的高声呼喊持续了数百年。

冰山，冰山，没有需求的孤行侠，封闭的、遥远的，没有害虫的国度。岛屿的父母，源泉的父母，我这样看着你，我对你是那么熟悉……

1934

走向安宁

不接受这个世界的人，不在世界上盖房子。冷而不知其冷。热而不觉其热。他砍桦树，等于没有砍；但是桦树倒地，他拿到了讲好的钱，或者他只挨了拳头。他挨了拳头，似乎是没有意义的馈赠，他毫不惊讶地走了。

他喝水，不因为口渴，钻进岩石，不因为疲倦。
他躺在卡车下，断了一条腿，却面不改色，想着和平，和平，如此难以得到、难以保留的和平，想着和平。

足不出户，却能知天下。他熟悉大海。大海一直在他脚下，没有水的大海，但并非没有波浪，并非不宽广。他熟悉河流。它们一直从他体内穿过，没有水，但并没有无精打采，并非没有急流。
无风的飓风在他心里肆虐。他也像地球一样静止不动。道路、车辆、羊群无休无止地从他体内穿过，一棵不含纤维素但是坚硬的大树，在他心里结出了一个苦涩的果实，通常苦涩，极少甜美。

他就这样远离人群，约会时总是独自一人，从来没有抓过别人的手，鱼钩在心，想着安宁，想着他自己该死的、烦人的安宁，想着凌驾于这种安宁之上的人们自以为拥有的安宁。

1934

我的领地

(1930)

我的领地

我的领地四处平坦，一片寂静；假如此处或彼处有形，光又从何而来？没有一丝影子。

我有时间的时候，偶尔屏住呼吸，密切观察；如果我看到有东西冒出来，我像子弹出膛，跳到那里，但是那个脑袋，因为往往都是一个脑袋，缩回了泥潭；我用力地挖，都是烂泥，十分普通的烂泥，或者是沙子，沙子……

它也没有面向灿烂的天空。虽然上方似乎空无一物，还是得弯腰而行，如在低矮的隧道。

这座领地是我唯一的领地，我童年起就住在这里，我可以说很少有人会有比这更简陋的领地。

我常常想在里面设置美丽的大道，做一个大公园……

不是因为我喜欢公园，而是……其实。

其他时候（我一贯的怪癖，种种失败之后又会冒出来），我在外面的生活或一本带插图的书里，看到一只我喜欢的动物，比如白鹭，我就会对自己说，这个，这个放到我家里不错，而且还会繁殖，我做了很多笔记，学习所有与动物生活相关的内容。我收集的资料越来越丰富。但是等我试着把它运到我家的时候，它总是缺少几样重要的器官。我不放弃。我已经预感到这一次也不会成功；至于繁殖，在我家没法繁殖，我太清楚了。我给新来的动物准备食物、空气，我为它植树，我播撒绿茵，但是我可恨的领地，我只要一转身，或者有人叫我去外面片刻，等我回来，什么都没了，或者只剩下一层灰，还能，勉强露出最后一点焦黄的苔藓……勉强。

我如此固执，不是因为愚蠢。

而是因为我被迫生活在我的领地里，我必须行动。

年近三十，我依旧一无所有；我自然烦躁。

我能轻松地画一样东西，或者一个人，或者一个片段。比如一根树枝或一颗牙齿，或者一千根树枝和一千颗牙齿。但是把它们放在哪里呢？有些人毫不费力就能画出花丛、人群，全貌。

我，不行。一千颗牙齿可以，十万颗牙齿可以。有些日子，在我的领地里，我有十万支铅笔，但是十万支铅笔在田野里能做什么？不合适，除非放十万个画家进去。

好，但是当我费心画一个画家的时候（有一个，就等于有十万个），我的十万支铅笔消失了。

我为牙齿，准备颌骨、消化和排泄器官，皮囊刚刚成形，等我准备放入胰腺、肝脏的时候，牙齿跑掉了，颌骨很快也走了，然后是肝脏。等我画到肛门，就只剩下肛门了，让我倒胃口，因为必须重新从结肠回去，到小肠，再次到胆囊，再次回到所有的器官，这样不行。不行。

前前后后，立即无影无踪，不肯等上一分钟。

正因为如此，我的领地总是空空荡荡，只有一个人，或者一连串的人，更加突出整体的贫瘠，骇人听闻、难以容忍地宣告整体的荒芜。

于是我把一切都删掉，只留下沼泽，别无他物，只有想让我失去希望的沼泽，这就是我的领地。

我一意孤行，真不知道是为了什么。

但是偶尔也会很热闹，生机勃勃。能看得见，很明显。我总是预感到它不同寻常，我觉得自己精力旺盛。但是瞧，来了一个外面的女人，给了我数不尽的快乐，但是间隔太短，只持续了一瞬间，在瞬间之内，带我围绕地球转了很多，很多圈……（而我，我没敢请她参观我贫瘠的、几乎不存在的领地。）好吧。而且，频繁的旅行只不过是一种芳香，我一窍不通，于是很快筋疲力尽，我从她身边逃离，再次诅咒女人。我完全迷失在星球上，哭着我什么也不是的领地，它毕竟是我熟悉的土地，不会让我感受到我在其他地方遇到的"荒诞"。

我花了几个星期的时间去寻找我的土地，羞耻、孤独，此时此刻，人们可以肆意辱骂我。

我坚信不可能找不到我的土地，这个信念支撑着我，肯定，某一天，或早，或晚，会找到它。

回到自己的土地是多么幸福啊！它的样子与众不同。它的确有些变化，我觉得比以前更倾斜，或许更潮湿，但是土壤的种子，依然一样。

也许永远不会丰收。但是，这颗种子，有什么办法呢，我对它有感觉。但是，我一走近，它就辨认不出来了，混进一团团细小的光晕里。

无所谓，它明显就是"我的土地"。我无法解释，但是把它与别的土地混淆，就等于我把自己与别人混淆，那是不可能的。

有我和我的土地，然后还有外人。

有些人的领地精美绝伦，我羡慕他们。他们在别处看到喜欢的东西，"好，"他们说，"要放到我家里去。"说做就做，那东西就到他们家去了。怎么去的呢？我不知道。他们从小就学会去积累、获取，不能看到一样东西不马上把它种到自己家里，无意识中就完成了。

都不能说贪婪，而是条件反射。

有些人甚至几乎没有意识到。他们拥有精美绝伦的领地，用超群的智慧和能力坚持不懈地维护着，他们却没有意识到。但是如果你需要一棵植物，无论它有多珍贵，或者你需要一辆葡萄牙国王若昂五世[①]的旧马车，他们走开片刻，立即把你要的东西拿给你。

那些精于心理学的人，我想说的是，不是书本上的心理学，也许会发现我在撒谎。我说过我的领地是一块地，或者不一直都是。这是最近的事情，虽然我觉得已经非常久远了，甚至已经久得经历了几代人生。

我试着回忆我的领地从前的准确样子。

它曾经有过旋涡，犹如巨大的口袋，微微闪亮的网袋，质地摸不出来，虽然极为稠厚。

我偶尔去见一位老朋友。说话的口气很快变得难以忍受。于是我突然回到我的领地。它的形状像钩钉，又大又亮。明亮中有太阳光，有一块疯狂的钢像

[①] 若昂五世（Joan V，1689—1750），葡萄牙第一个专制君主。——译注

水面一样波动。我感觉真好,这种状态持续了一会儿,而后出于礼貌,我回到年轻女人的身边,微笑着。但这笑容的效果厉害到(可能因为是硬挤出来的)她摔门而去。

我和朋友之间就是这种状况。很有规律。

最好还是认认真真地分手吧。如果我有豪宅,我当然会离开她。但是目前这种情况,我还是再等等吧。

再回到土地上来。我说过绝望。不,土地,相反,给予所有的希望。我们可以在土地上盖房子,我会盖的。现在我可以肯定。我得救了。我有了一块地基。

以前,一切都暴露在空间里,没有天花板,没有地板,自然,我放一个生灵进去,就再也看不见它了。它失踪了。它陷落后消失了,我之前没有明白,我以为自己制作得太差。我把它放进去,几个小时后再回来,每次都为它的失踪而惊讶。现在,这种事不会再发生了。我的土地,的确,还是一片沼泽。但是我会渐渐让它干涸,等到它坚硬了,我会安置一个劳动者的家庭。

走在我的土地上将会愉快,可以看到我要做的一切。我的家非常大,你们可以在里面看到各种各样的人，我还没有把我的家公布于众，但是你们会看到它的。它的变化会令世人震惊。因为这么久以来，随意在单纯的空间里生活的人醒来了，欣喜地穿上鞋子，它随着他们的欲望与激情而变化。

而且，在空间里，所有的生灵都变得极为脆弱，不协调，也起不到装饰作用。所有过往的人都把它当靶子一样拍打。

而土地，又一次……

啊！它将改变我的生活。

母亲一直预言我将极度贫穷、无能。好吧。一直到土地，她都是对的，土地之后，再看吧。

我从前以父母为耻，但是再看吧，我会幸福的。总会有很多同伴。你知道，以前我真的很孤独，有时候。

悲惨生活

我一直睡得很早，疲惫不堪，却没有发现白天做过任何劳累的工作。

也许没有注意。

但是我，让我吃惊的是，我可以一直支撑到晚上，而不必下午四点就去睡觉。

我之所以累成这个样子，是因为我一刻没停歇。

我已经说过，在街上，我跟所有的人对打，我打人耳光，抓住女人的乳房；我把脚当触手用，把恐慌放进大城市的汽车里。

至于图书，它们最让我疲劳。我不留下任何遵循它的意思甚至它的形状的词语。

我抓住它，几番努力之后，让它脱离根本，永远离开作者的队列。

一个章节里立即就有几万个句子，我得一一破坏。我必须这样做。

偶尔，有些词像塔楼一样坚固。我必须分几次攻击，早在我搞破坏之前就开始动手了。突然绕回到一个想法时，我又看到这座塔楼。也就是说之前没有把它彻底推翻。我必须退回来，找到对付它的毒药，因此我花了无数时间。

一本书都读完了，我唉声叹气，因为我自然……一窍不通。没有任何东西让我变胖。我依然干而瘦。

我以为，难道不是嘛，等我毁掉一切，我就得到平衡了。有可能。但迟迟不来，真的迟迟不来。

皱巴巴的衣服

在我的生命中,我很少遇到像我一样需要时刻激励的人。

没有人再邀请我参加社交。一两个小时(在这段时间里我的着装至少能达到平均水平)之后,我的衣服就被我弄皱了。我开始沮丧,心几乎已经飞走了,我的西装平贴在我瘪塌塌的裤子上。

这个时候,在场的人忙着玩集体游戏。大家赶紧去找需要的工具。一个人用长矛或军刀穿过我胸膛(哎,所有的房子里都能找到一成套),另一个人快乐地用莫泽尔省葡萄酒的瓶子,或者用现成的西昂蒂葡萄酒两升的大瓶子,狠狠地打我;一个迷人的女人用她的高跟鞋猛地踢我,她笑声如笛,让人兴趣盎然地跟着她,她的裙子飘来飘去,很轻盈。所有的人都兴高采烈。

然而,我又鼓起勇气。我很快用手掸了掸衣服,生气地走了。所有的人都在门后噗嗤地笑。

像我这样的人,就应该隐居,这样最好。

我的工作

我极少看到一个人而不打他。其他人喜欢默默自语。我，不。我更喜欢打。

有的人在餐厅坐在我对面，一言不发，他们要待一段时间，因为他们决定吃饭。

这不来了一个。

我帮你揪住他，啪。

我再帮你揪住他，啪。

我把他挂在衣帽架上。

我把他取下来。

我再把他挂上去。

我再把他取下来。

我把他放在桌上，把他压紧，让他喘不过气来。

我把他弄脏，淋透全身。

他又活过来了。

我把他冲干净，把他拉长（我开始厌烦了，该了结了），我把他捏来捏去，捏紧了，浓缩了，放进我的杯子里，公然把杯子里的东西泼到地上，对服务生说："给我一个干净的杯子。"

但是我并不自在，赶紧付了账单走了。

简　单

到目前为止，我生活里特别缺的，是简单。我慢慢开始变了。

比如，现在，我总是带着我的床出门，碰到喜欢的女人，就抓住她，马上跟她睡。

如果她的耳朵或者鼻子又丑又大，我连同她的衣服将它们取下，放到床底，让她走的时候能找到。我只保留我喜欢的东西。

如果她的内衣需要换，我就马上换。算是我送的礼物。不过，如果我看到更讨人喜欢的女人路过，我就向第一个女人道歉，马上让她消失。

认识我的人断言我不能说到做到，我的个性不够强。我本来也这样以为，但是那是因为我不能总是为所欲为。

现在，我的下午总是很美好（上午，我工作）。

迫　害

从前,我的敌人还有些厚度,但是现在他们转瞬即逝。我被撞到胳膊(一整天都被推搡)。是他们。但是他们马上溜走。

三个月来,我不停地吃败仗:没有面孔的敌人;根基,敌人真正的根基。

毕竟,他们已经统治了我整个童年。但是……我以为现在我会更清净。

睡 觉

睡觉太难了。首先,被子的重量总是惊人,其次,就说床单吧,跟铁皮一样。

如果完全暴露在外面,发生什么大家都知道得一清二楚。不可否认地休息了几分钟之后,就被抛进空间。然后,下降的时候,总是迅猛到无法呼吸。

要么,仰面躺着,曲起膝盖。这也不可取,因为肚子里的水开始打转,越转越快,有这样一个陀螺,不可能睡着。

这就是为什么好多人,坚决俯卧,但是,很快——他们知道,"但是不管了",他们说——他们跌落,跌落进某个深渊,不管他们有多深,总有人用脚踢他们的屁股,让他们陷得更深,更深……更深。

对很多人来说,要去睡觉的时间,也是一种空前绝后的折磨。

懒　惰

灵魂喜欢游泳。

游泳的时候，肚皮朝下四肢张开。灵魂离位，出窍而去。它游着离开了。（如果你的灵魂走的时候，你是站着的，坐着的，或者膝盖弯曲着，或者胳膊弯曲着，对于每个不同的姿势，灵魂走的方式和形状都不一样，我以后会确认。）

人们经常说到飞翔。不是这样的。它是在游泳。它游起来像蛇和鳝，从不会有别的泳姿。

很多人因此有一颗喜欢游泳的灵魂。人们通常叫他们懒鬼。当灵魂从肚子离开身体去游泳，就有了我说不上来的极度的自由，是放松、快乐，内心深处的松弛。

根据人是害羞还是勇敢，灵魂游到楼梯间，或者大街上，因为它总是跟他连着一根线，如果线断了（有的时候线很细，但是需要骇人的力量才能将它拉断），对二者都很可怕（对于它和他）。

当它忙着游到远处，某种精神物质，源源不断地沿着这条维系人和灵魂的线流淌，像泥浆，像水银，或者像气体——无休止的快感。

这就是为什么懒鬼不可救药。他永远不会改变。这也就是为什么懒惰是恶习之母。因为还有什么会比懒惰更自私呢？

它有傲慢所没有的基础。

但是人们不肯放过懒鬼。

他们躺着的时候被殴打，头上被泼冷水，他们必须把灵魂带回来。于是他们用愤怒的目光看着你，这种大家熟悉的目光，尤其能在孩子身上看到。

混凝土浇筑

有的时候不需要什么。我的血变成毒药，我变得像混凝土一样坚硬。

我的朋友们摇摇头。尤其要担心的，不是瘫痪，而是由此引起的窒息。于是他们下定决心。他们去找榔头，但是一旦回来，他们还在犹豫，榔头柄在指间转来转去。有个人说："我最好去找个文人来"，他们想这样争取点时间。可是我开始变软了。可以看见（因为他们脱光了我的衣服，以便觉得自己做了点事情），可以看见皮肤下的石子。它们越来越小，很快分解了。于是我的朋友们迅速把他们的榔头四处藏匿。我看见了他们的尴尬，但是我自己也极为尴尬，说不出话来。其实，我不能容忍被人看到裸体。于是出现了几分钟我说不出来的晦涩的沉默。

幸　福

有的时候，突然，没有明显的理由，幸福的震颤流遍全身。

它来自我的某个部位，深得连我都不知道在哪儿，它用了，尽管速度飞快，它用了很长时间才蔓延到我的肢端。

这震颤无比纯洁。无论在我体内花了多长时间缓慢前进，它都从来没有遇到下面的器官，其实也没遇到别的任何器官，也没有遇到思想或感官，它是如此的隐秘。

我和它无比孤独。

也许，流遍我全身每一个部位的时候，它顺便对它们说："嗨？还好吗？我能为你们做点什么吗？"有可能，它用自己的方式安慰它们。但是我却不知情。

我也想呼喊我的幸福，但是说些什么呢？幸福完全是私密的。

很快，快感就太强烈了。我都没有意识到，几秒钟内，就变成了难以忍受的痛苦，一种暴行。

  瘫痪！我心想。

  我很快动了几下，我往自己身上洒了很多水，或者干脆趴下来，就好了。

会 阴

我用疑虑的目光默默观察自己已经有一段时间了。

快乐降临到不该快乐的人身上,是一种不幸。最近,我一天里,无论是在最可恨的时候,还是在其他时候,突然有难以形容的安宁。安宁与快乐合成一体,二者将我化为乌有。

有我的地方,快乐不在。其实,它取代了我,洗去了我所有的特征,我只剩下一团气体,气体能做什么?没有特色,不能抗争。我向快乐投降。它让我筋疲力尽。我讨厌自己。

当我重获自由,我出去,我赶紧出去,带着刚刚被强奸过的人的表情。如果有人遇到我,我会简短地解释我服了从巴西带回来的毒品,但这不是真的。

我以前是那么内向!

现在,完全敞开,表演舔吮。

这只是一个不太严重的缺陷罢了,我见过各种各样的缺陷，但它还要持续多久呢？

在解剖学里，有一个部位叫做"会阴"，好像是一块肌肉，我不确定。

"会阴"，这个词纠缠着我。我只听到这个词。"会阴"，"会阴"。

谨慎的男人

他以为腹部有石灰沉淀。他每天去找医生，医生们对他说："尿检没有任何问题"，或者说他甚至有钙流失的倾向，或者说他烟抽得太多，他的神经需要休息，等等，等等，等等。

他不再就医，留着他那块沉淀。

石灰易碎，但不一定。碳酸盐、硫酸盐、氯酸盐、高氯酸盐，还有其他的盐，很正常，沉淀里都有一些。然而，尿道，所有的液体，都能流过，但是晶体通过极为困难。也不能用力呼吸，或者像疯子一样追着有轨电车猛地加速奔跑。但愿整体碎裂，其中一块进入血液，永别了巴黎！

腹腔有许多小动脉、动脉、各大血管，及心脏、主动脉和几个重要的器官。因此弯腰简直就是发疯，还有骑马，谁会想得到？

生活中要怎么样的谨慎！

他常常想到那些体内也有沉淀的人，一个有石灰，一个有铅，另一个有铁（最近还从一个从来没有打过仗的人的心脏里取出一颗子弹）。这些人走路小心翼翼，因此暴露了自己，遭人取笑。

　　但是他们谨慎而去，谨慎，步伐谨慎，思索着大自然，它有，它有那么多的秘密。

愤　怒

我的愤怒并非突然即至。虽然它来得极快，之前总有着莫大的幸福，战栗而来。

幸福猛地消失，愤怒成形。

我全身警戒，想要参战的肌肉让我疼痛起来。

但是没有任何敌人。能有一个倒可以让我放松下来。但是我的敌人，不是可以击打的躯体，因为他们完全没有躯体。

然而，一段时间过后，我的愤怒消失了……也许是因为疲劳，因为愤怒是一种难以维持的平衡……还因为努力之后不可否认的满足感，以及敌人放弃斗争逃跑的错觉。

迷路的男人

一出去,我就迷路了。后退已经太迟。我身处平原之中。到处滚着巨轮。它们比我大一百倍。还有更大的轮子。我几乎不去看,在它们靠近的时候,轻轻地低语,仿佛说给自己听:"轮子啊,不要压我……轮子啊,我求求你,不要压我……轮子啊,行行好,不要压我。"它们过来,卷起一阵强劲的风,又离开了。我摇摇晃晃。几个月来一直如此:"轮子啊,不要压我……轮子啊,这一次,依然不要压我。"没有人阻止。什么也无法中断这一切!我留在那儿,一直到死亡。

迷　惑

我失去的一个朋友，一直生活在巴黎。她走着，笑着。我等着有一天，她母亲来找我，对我说："先生，我不知道她怎么了。找不出毛病，但是这个月她又瘦了四公斤。"

等到她只剩下五十五斤，她母亲又来找我，她之前一直装着不理我，仿佛我是一个无关紧要的人。她母亲来找我，对我说："先生，她剩下五十五斤了。也许您能为她做点什么。"第二个月："先生，现在她只有二十四公斤了。十分严重。"

而我："二十四……公斤，到十四公斤再来。"

她十四公斤的时候又来了，其实是十七公斤，但是她说十四公斤，因为她太担心，十四公斤就是死亡。她又来对我说："先生，她快死了。难道她对您什么都不是吗？"

"夫人，别担心。她不会完全消失。我不能杀死她。哪怕只有二点五公斤，她会继续活下去。"

但是这位母亲，我一直憎恨的母亲，向我扑来。那不可能是她女儿。她女儿应该已经死了。一定是另外一个人，由诡计做成，靠残忍维持。

她离开了，想着其他的点子。

一变再变

因为痛苦过度，我的身体没有了局限，不可抑制地失去了尺度。

我成了所有的东西：尤其是蚂蚁，排成冗长的队列，勤劳，但犹豫。这是疯狂的运动。我必须集中全部精神。我很快意识到我不仅是蚂蚁，也是它们走的路。因为这条脆弱、灰尘扑扑的道路，变硬了，我的痛苦难以忍受。我每一刻都在等着它爆裂，被抛进空间。但是它完好无损。

我尽量倚靠我的另一个部分，也更柔软。那是一片森林，微风拂过。但是风暴骤起，树根为了抵挡越来越强劲的风，钻入我体内，这不算什么，但是将我扎得那么深，比死更痛苦。

地面突然塌陷，让一片海滩进入了我体内，一片卵石海滩，开始在我体内翻滚，呼唤大海，大海。

我常常变成蟒蛇，但是体型变长后有些不适，我准备睡觉，或者我是野牛，准备吃草，但是很快肩头刮来强台风，小船被抛向空中，蒸汽轮船不知道还能否到达码头，只听见求救信号。

我遗憾自己不再是蟒蛇或野牛。很快，我不得不缩小，小到可以装进一只茶托里。这样的变化过于突然，一切都要重来，而且不值得，只为了片刻的停留，然而，必须去适应，依然一再突变。从菱形六面体到棱台并不很难，但是从棱台到鲸鱼非常难，必须立即学会潜泳、换气，而且水很冷，还要面对捕鲸炮手，而我，一看到人，就会逃跑。但是，我偶尔会突然变成捕鲸炮手，于是我要走的路同样漫长。我终于抓到了鲸鱼，我（系好并检查过缆绳之后）把锋利而坚硬的鱼叉朝前奋力掷出，鱼叉飞出去，深深地扎入体内，弄出一个巨大的伤口。这时我发现自己就是鲸鱼，又是一个痛苦的新机遇，而我，我害怕痛苦。

死命奔跑之后，我失去了生命，然后我变成了船，当船就是我的时候，您可以相信我，我四处漏水，等到局势糟糕透顶的时候，我变成了船长，努力表现得镇静，但是我很绝望，如果我们还能获救，那么我将变成缆绳，但缆绳断了，如果小船撞碎，而我刚好就是船上所有的木板，我将沉入水底，一秒不到就变成棘皮动物，因为，我在陌生的敌人中间惊慌失措，它们立即将我活生生地吞食掉，只有在水下，在刺激伤口的咸咸的海水下，才看得见它们那白色的凶恶的眼睛。啊！谁能让我安静片刻？但是不行，如果我不动，就意味着我在原地腐烂，而如果我动，就是去挨敌人的打。我一动不敢动。我立即分解，变成巴洛克乐团的一部分，过早、过于明显地暴露出平衡的缺陷。

如果我总是变成动物，也许最后也能适应，因为行为习惯多多少少是一样的，行动和反应差不多，但是我还是别的物品（只是物品倒也罢了），我是虚假至极的整体，触摸不到。当我变成闪电的时候，真是惊人！动作必须要快，而我总是拖拖拉拉，不知道作出决定。

啊！如果我能永远死去该多好！但是不，总要赋予我新的生命，我其实根本不当心，很快就把命丢了。

尽管如此，我很快又获得新生，我惊人的无能再次彰显出来。

有的时候，我复活的时候怒气冲冲……"哼？怎么着？谁想到这儿来送死？一群闷葫芦！吃白食的！狡猾的东西！下流胚！长尾猴！软蛋！"但是等到我有本事了，谁都不来，很快又把我变成另一个没有力量的东西。

周而复始，无休无止。

动物、植物、矿物，种类繁多。我什么都做过了，而且做了很多次。但是经验对我没有用，当我第三十二次又变回盐酸铵时，我的表现依然倾向于砒霜，重新变成狗时，总是流露出夜啼鸟的行为。

看见某样东西，我很少不体会到这种十分特别的感觉……对啊，我曾经是这个……我记不清楚，但我能感觉到。（正因为如此，我特别喜欢带插图的百科词典。我翻阅着，我翻阅着，常常有满足感，因为词典有几种我还没有变过的生物的图片。我感到放松，太美好了，我对自己说："我本来也会变成这个，这个啊，总算得以幸免。"我松了一口气。啊！放松！）

卧 床

我的病迫使我卧床不动。当无聊过度，不采取措施我会精神失常的时候，我便这样做：

我把我的脑袋压扁，摊在我面前，越远越好，等完全平整之后，我拿出我的骑兵部队。马蹄清脆地踩着这坚实的淡黄色的地面。骑兵立即策马快跑，马蹄前踢后蹬。这声音，这清晰而多样的节奏，这寓意着战争与胜利的激情，让那个卧床无法动弹的灵魂倍感喜悦。

海　堤

我在翁弗勒尔住了一个月了,还没有见过大海,因为医生不让我走出房间。

但是昨天夜里,厌倦了隔离,我趁着雾色,造了一道海堤,一直延伸到海里。

然后,我坐在海堤尽头,垂着双腿,看着我身下的大海,深沉地呼吸。

右侧传来喃喃自语。一个男人像我一样坐着,腿晃来晃去,看着大海。"如今,"他说,"我老了,我要取回我多年来存放的所有东西。"他利用滑轮往上拉。

他取出无数宝藏。他拉上来几个旧时代身着高贵制服的船长,几个用钉子装饰的装满各式各样宝贝的箱子,几个穿着华丽到等于没穿衣服的女人。每个拉上水面的人或物,他都满怀希望认真地打量,然后,目光黯淡下去,一言不发,推到身后。我们就这样堆了一栈道。有些什么东西,我记不太清了,因为我记性不好，但是显然不合心意，里面有样东西丢了，他希望找回来，但是已经凋零了。

于是，他把所有的东西扔回海里。

一条长长的缎带掉下来，在将你淋湿的同时，让你冷得要命。

他扔的最后一件碎片将他也带进了海里。

而我，因发烧而直打哆嗦，我是怎么回到床上的，我也不清楚。

叫 喊

指疗疼痛剧烈。但让我更痛苦的,是不能叫喊。因为我在旅店里。夜幕刚刚降临,我的房间左右都有人在睡觉。

于是,我开始从脑袋里取出巨大的共鸣箱、铜管乐器,和一件比管风琴更响亮的乐器。借着发烧赋予我的神奇力量,我将他们变成了一个震耳欲聋的乐队。一切因震颤而抖动起来。

于是,终于确信在这样的喧嚣中,我的声音不会被听见,我开始叫喊,叫喊了几个小时,最终慢慢地减轻了痛苦。

给病人的忠告

病人需要避免的，是一个人独处，不过，如果有人来看他，跟他说话，他又是那种付出多于获取的人，那么等医生带着药包出现，切开他的指疗的时候，他已经十分虚弱，不知道能从哪里获得忍受痛苦的力量，他强烈地感到自己是被抛弃的受害者。

他最好自己创造可以随意指使（哪怕医生在的时候）的伴侣，从各个方面来看，都更加灵活。

他可以在挂毯里，放下最多的生物。

体积庞大的品种，他可以轻松地将它们缩小，重要的是形状和结构。

第一天，我栽下小雏菊，所有的帘子里都栽满。

"小小掌心花，"我对它们说，"你们就一点也帮不了我吗？"但是它们自己都抖个不停，我只能将它们打发走。

我把它们换成（矮小的）大象，它们像海马一样浮上浮下，然后，用鼻子勾住褶子，用善解人意的小眼睛看着我。

  但是我，很快就厌烦了——而且我很懒——我移开目光对它们说："好了，现在，请你们，跟我说说你们的鼻子。"它们不说话，但是它们的存在还是安慰了我——一头大象，能看护着你——我更容易入睡了。

被诅咒

最迟六个月后,或许明天,我将失明。继续下去的,是我悲伤的生活,我悲伤的生活。

让我来到这个世界的人,他们将付出代价,我曾经这样想。直到现在,他们都没有付出代价。而我,现在我的两只眼睛就要付出代价。永远的失明,会让我从剧烈的痛苦中解脱出来,可以说的,就是这些了。有一天早上,我的眼皮里将满是脓。几次徒劳地试用可怕的硝酸银的时间里,它们就完蛋了。九年前,母亲对我说:"我情愿没有生你。"

魔 术

很多人希望用江湖奇术获得意念作品。这是错误的。

每个人都必须有自己的方法。我想变出一只活青蛙（死青蛙太容易了）的时候，不需要花太大力气。甚至，我开始在脑袋里画画。我仔细挑选绿色颜料，勾勒出小溪的两岸，然后"等着"小溪出现。一段时间过后，我将一根筷子戳出岸边，如果筷子湿了，我就放心了，只需要再耐心等待片刻，很快就会出现跳跃或游水的青蛙。

如果筷子没有湿，那就得放弃了。

于是，我画夜晚，炎热的夜晚，我提着一盏灯笼，在乡下穿行，青蛙很少会迟迟不鸣。

这句话毫无意义。但是我必须说出来，这句话在我眼前，出现了："我将变成瞎子。"

圣 人

我在自己被诅咒的体内穿行的时候,到达一个区域,这里属于我的部位极少,只有圣人才能活下去。而我,曾经那么渴望神圣,等现在我的病逼我接近神圣时,我却挣扎着,而且还继续挣扎,显然,这样下去我是活不成的。

我也许有过机会,好吧。但是,被逼迫,我无法忍受。

病人的娱乐

有时候,当我觉得特别消沉的时候,因为我总是一个人,而且卧床不起,我就让自己的左手向自己致敬。它先在上臂前伸直,然后转向我,对我敬礼。我的左手没什么力,离我非常远。也懒。我必须强迫它,才能让它动起来。但它一旦动起来,就自然希望讨我喜欢。对我的这种卑躬屈膝、和蔼可亲,连第三者看了也会感动。

意志的力量

年初，我感染上了淋病。九月底，它还没有好，因为我是淋巴体质。它依然存在，还有将来凶险的并发症。

于是有一天，在无法抵抗的冲动下，我重新塑造把淋病传染给我的女人。我从我们第一次相遇之初开始塑造，由我们对话中最有意义的时刻，经过最真诚的所有激情语句，将她一直带到身体交合的那一刻，而恰恰在这一刻，我用鞋打她，毫不容情地把她赶下床，打开门，将她逐出门外。

历史真相往往可以复原，于是这个女人，以及让场景"正常"完成的所有条件，慢慢重新出现。但是我每次都将她赶走。我这样抗争了十五天，到第十六天，她看到一切无济于事，也厌倦了所有的侮辱，没等我打她，就自己走了。

当天晚上我就痊愈了。不再流脓，也没有再复发。

又是一个不幸的人

他以前住在圣叙尔比斯街上。但是他离开了。"离塞纳河太近了,"他说,"一不小心就会失足。"他离开了。

水,很深,到处都是,很少有人会去思考。

阿尔卑斯山里的激流并不深,但是十分湍急(结果一样)。无论以什么形式出现,水总是最强大。几乎每条路的两边都有水,再多的桥也没有用,只要少一座桥,你就淹死了,在桥还没有出现的年代,也肯定会淹死。

"吃点补血药,"医生说,"血液问题。"

"吃点微量元素,"医生说,"神经问题。"

"吃点香醋,"医生说,"膀胱问题。"

啊!水,全世界所有的水。

投　影

　　故事发生在翁弗勒尔的海堤上，天空明净。勒阿弗尔的灯塔看得清清楚楚。我在那儿一共待了十个小时。中午，我去吃了饭，但是吃完马上就回来了。

　　几只小船在退潮的时候去捕贻贝，我认出了其中一个渔民老板，我跟他一起玩过，我还发现了其他一些东西。但是总体来说，与我在海堤上度过的时间相比，我的发现极为稀少。

　　大约八点钟的时候，我突然发现我凝望了一天的场景，完全源于我的想象。我非常满意，因为刚才我还在指责自己，一天到晚无所事事。

　　因此，我很高兴。既然这只是我想象出来的情境，我准备将令我魂牵梦萦的远景收回。但是天太热，大概我也太虚弱了，我一事无成。远景没有消失，不仅远没有黯淡下去，而且似乎比以前显得更加明亮。

　　我走啊走，我走啊走。

人们向我打招呼时,我恍惚地看着他们,心里想:"必须把远景收回来,否则这件事,会继续腐蚀我的生活。"就这样,我到英国饭店吃晚饭,这次我显然真的到了翁弗勒尔,但是无济于事。

过去就不提了。夜幕降临,远景依旧,还是今天持续了几个小时的那种样子。

半夜里,它一下就消失了,骤然让位于虚无,我几乎舍不得它。

干　涉

从前，我过于尊重大自然。我站在事物与风景面前，任其自然。

现在结束了，我要出面了。

我在翁弗勒尔，觉得无聊。于是我果断地把骆驼引了进来。似乎并不特别提倡。没关系，这是我的主意。而且，我把想法付诸行动时格外谨慎。首先，我在人多的日子把它们引进来，如星期六的集市，拥挤得无法形容，游客们说："啊！臭死了！这里的人好脏啊！"臭味飘到港口，盖过了虾的味道。人们从人群里出来的时候，浑身都是灰尘，和不知道什么东西的毛。

夜里，骆驼通过船闸的时候，听得见它们的脚步声，咣！咣！踏在金属和厚木板上。

骆驼的入侵持续、稳妥地完成。

人们发现翁弗勒尔人每时每刻都在斜视，那种特有的多疑眼神，好似牵骆驼的人检查骆驼队，以保证一切就位、可以继续上路时的眼神。但是我第四天不得不离开翁弗勒尔。

我还开动了一辆载客的列车。它从大广场全速出发，果断地驶向大海，毫不顾忌材料的沉重，它往前冲，坚定不移。

可惜我不得不离去，但是我很怀疑，这座捕虾和贻贝的渔民小城是否能够立即恢复平静。

动物学记

……在那儿我看到了"奥拉克[1]""巴布""达雷特""艾比鹤",脑袋呈梨形的"卡迪夫""美吉",耳朵流脓的"艾哔",走路像太监的"藤爬",吸血蝙蝠,长着黑尾巴的"易贝德鲁奇",肚子上长着三排口袋的"布拉斯",像一团凝胶的"吸格努",嘴形像刀的"北飞鸟",巧克力味的"卡图",羽毛镶嵌金银丝图案的"达腊歌",抖动着绿色肛门的"薄皮亚斯",皮肤闪着波光的"巴特丝",带水袋的"巴绿特",脸上长着晶体的"卡西特",背部如锯齿、声音带哭腔的"亚美特","皮利得"有眼屎,似乎已经腐烂,喷出两股毒液,一股朝上,一股朝下,"卡加克斯"和"巴亚贝"很少离开寄居生活,灵活的"帕拉迪各"绰号"石头雨","里纳"猴、"递尔递"猴、"马克贝里"猴、"罗"猴四处攻击,尖叫起来比鹦鹉

---

[1] 《动物学记》《植物学记》里的动植物名均为作者虚构。——译注

还要刺耳、锐利，蔓延开去，直到盖住大型哺乳动物震耳的脚步声和高昂的叫声。

道路豁然开阔，视线下沉，先是看到成堆的脊梁和臀部，又落到空处，歇斯底里的叫喊声，从你推我挤中，从"巴牡武"宽如大饼的脚趾下，"克雷"敏捷的爪子下，传出来。"克雷"干巴、紧张，碎步小跑，拉屎，翻找，像空气一样发出噗的一声。

还听见"特母"如同低沉的铜锣声一般的嘘声，"特母"像蟥一样扁平，大小如睡莲的叶子，橄榄绿，它们在平原上，人们看得见的地方，像彩色盘子一样缓慢而奇妙地转动。这种神秘的生物，长着鳄鱼的脑袋，进食的时候全身翻转，吃蚂蚁以及同样大小的其他东西。

走到体型高大的"考加"中间，这是一种长脚鸟，羽毛珠呈光色，极瘦，只有髋骨、椎骨、串珠骨，在它们的身体里回荡着狗或者粗野的人吃东西时的咀嚼声和流口水声。

"巴 布"

"巴布"这种动物颈部皮肤下垂厉害,眼睛看似无力,颜色像煮熟的芦笋,带着血丝,主要分布在眼睛四周。

"巴布"并不光秃。黑色的沟壑构成网络,通常分布在三个区域,犹如三个三角。

这种动物的眼珠随着观察它的人的不同,以及全新的环境而变化。但是与猫科动物不同,光线对它的影响微乎其微,它的感受更能决定眼睛的变化,像手一样宽大的眼睛。

阿斯多罗斯,与欧几里得同时代的人,也是当时唯一出去旅行的人,他认为,邦图人来驯服了"巴布"。邦图人宣称,"e"和"i"出现在当时已知的所有民族的语言中,证明了这些民族的脆弱。

但是他们因为娶了以"i"为王的女人,失去了战斗的士气,和他们特殊的表达方式。

"巴布"很温柔。他们改变了它,驯服了它。因此有些"巴布"可以连续几个小时变换眼睛。人们对它们百看不厌,"充满生气的一潭水","阿斯多罗斯"说道。它们是伟大的演员。一个小时之后,它们开始发抖,于是把它们裹进毛衣里,因为它们的长毛下面,出了很多汗,对它们很危险。

"达雷特"

"达雷特"在干燥的沙质土里能看到。它不是植物，而是灵活的动物，有护身甲壳，不像昆虫，老鼠一般大，也跟老鼠一般长，包括尾巴在内。

如果没有成年，它的最后一节（一共有三节），万一有人跳上去，可能会断。

因为内部，小指般厚的腔壁下，不含主要器官，受伤的动物可以继续行走，肚子稀烂，腔壁开裂。这种动物谁也不怕，可以吃蛇，也会吸牛的乳头，牛一动也不敢动。

沟里的蜘蛛可以打败它。蜘蛛用蛛丝将它绕得严严实实，等它不能动弹了，就从耳朵把它吸得干干净净。

它的花朵形状的耳朵，它的眼睛和内部器官，是它身上唯一鲜嫩的部位。

蜘蛛从耳朵将它吸得干干净净。

昆 虫

我向西越走越远，看见了一些七节昆虫，巨大的眼睛，犹如擦板上的窟窿眼，网格状的甲壳，像矿工的灯，还有一些带着窃窃私语的天线。有的有二十对脚，更像一排搭钩；有的由螺钿嵌黑漆木而成，踩在脚底下像贝壳一样松脆；有的长着盲蛛的长脚，以及针头般大小的眼睛，像白老鼠的眼睛一样红，仿佛挂在枝头的浆果，流露出的神情里有说不出的惊恐；有的长着象牙脑袋，出人意料地光秃着，让人一下子觉得像兄弟，如此亲近，它的脚向前迈出，像在空中曲折前进的连杆。

最后还有一些是透明的，像稀稀拉拉长着毛的脑袋，它们成千上万地向前进，变成水晶玻璃器皿，闪耀着光芒、阳光，在这之后，一切竟都似乎成了灰烬，黑夜的产物。

灵 台

这个地区还存有大量身体绵软的小动物。你踩一脚，它们依然保持完整，但是如果位于脊椎三分之一处（从尾巴开始往上数）的一根骨头被踩到，这根骨头虽然不大，但是一旦碎裂，动物就像一只包裹一样跌倒，打开骨头，里面只有一个说不上特别的面团。

另一个动物，比牛大，脊椎形如灵台，堆满厚重的黄色。你一靠近，它就前脚狂踢，后脚猛蹬，四面迎战，围着自己的后腿打转，仿佛围绕着钉子上的螺纹一般。一旦敌人丧失了战斗力，不能提前，有必要的话它会等四十八小时，它便恢复机械的步伐，得体地疏远开去。当我们看到亡父、亡子结队出现时，感觉那么真切，如今死亡的新样子，是全家出动，叫人怜悯。

"艾莽龙"

　　这种动物没有形状，是所有动物中最强壮的，四分之三都是肌肉，外表厚度一致，几乎有一法尺那么厚。所有的岩石，包括光滑的岩石，它都能爬上去。

　　这块软塌塌的皮变成钉钩。

　　任何动物都抓不到它。它在地面上的时候太高，犀牛不能压扁它，确切地说，因为缺乏速度，不能推倒它。

　　老虎弄断爪子，丝毫也伤不到它，哪怕跳蚤或者牛虻、蟒蛇也找不到它的敏感部位。

　　我们虽然对它周围的一切了如指掌，但是除了知道它在盛夏出现，对它一无所知。

　　为了填饱肚子，它去喝水，水流翻滚，哗哗流淌，完好无损的鱼浮上水面，肚子朝天。

　　如果缺水，它会死去。其他依然是个谜。

　　我们会在它常去的河边遇到残缺的鳄鱼，并不新奇。

新的观察

在那儿我遇到了"菲利斯""布哈布""故努阿克",以及一群尽管又高又壮,但比蟋蟀还敏捷的跳跃动物,还有像门口的擦脚垫一样扁平多毛的"布雷斯克""诺阿西""贝特里格罗特";像波浪一样层层叠叠、长满柔顺的白色长毛的"布里布母",像熊一样笨重、像眼镜蛇一样粗暴、像犀牛一样固执的"谢力诺"和"巴拉巴特";还有"克朗吉约特母""奥西约波拉迪",有一百条尾巴的"布兰诺古杜乐",总是缠在植物里、在贝壳上打孔的"西斯第得";还有大量寄生动物,长着一堆没用的脚、像破衣服一样荡着的"西里贝波得",大肠外露的"克里波多斯塔尔西特",连头带身包裹起来的"胡特里",像鹤一样飞翔却还没有榛子大的"雨禾维勒",一群群的"苏朴里纳""布里诺瓦兹""乌尔瓦耶",到处都是没有四肢的五毒蛇蜥,但是像极了墨西哥可怕的"伊克斯第约克西勒",一有风吹草动,就惊慌一片。

乌尔岱斯人种

在这个国家,他们不使用女人。想要行乐的时候,他们就下水,类似水獭(您见过水獭入水吗?像一只手滑进去),但是更大,也更柔软的一种生物,就向他们游过来;这些生物朝他游过来,相互争抢,绕住他,争先恐后,幸好他备了很轻的木头浮标,否则哪怕水性再好,也会直沉水底,我可以说,在河床上被发生关系。这动物像缎带一样紧贴着他,不肯松开。

这种动物特别吸引人的地方,是柔中带刚。男人终于找到了比自己更厉害的。

有钱人养这种动物,供自己和客人使用。

还设置了无水区,孩子也可以去游水。

至于达到生育年龄的年轻人,头几次去河里的时候要特别关注他们,因为快感和突然的诧异,会让他们过快丧失体力,任凭自己坠入到河底。

我们知道水有多危险。他们几近昏厥,必须用长杆将他们拉出水面。

快感的本质是属于我们的快感，完全没有女人的份。但是像别的地方一样，男人仍然让她们变成母亲，在床上让她们睡在他们的右侧。

植物学记

这个国家没有叶子。我走遍了许多森林。树木仿佛已经死去。错了。它们活着。但是它们没有叶子。

大多数有一个坚硬的主干,然后到处都是附生物,薄如皮肤。"巴丽木"像幽灵,从上到下覆盖着植被。我们把植被掀开,想看看藏在下面的人。没有,下面只有一个树干。

森林里也有"拉格",一种矮壮的小树,空心,没有树枝,像篮子。

"卡雷"一直到五六米都是笔直的,之后突然倾斜往上,像箭鱼一样,游向邻居。

有的树长着舞动的大树枝,柔韧无比,弯弯曲曲。

有的树长着短而结实的枝杈,形如叉子。

有的每年形成一个木质穹顶。其中一些树形庞大,年代久远,层层相护,万一发生森林火灾(不知道为什么会发生),它们便慢慢燃烧,默默地,持续七个星期,它们周围,绵延数里,只剩下无机物冰冷的灰烬。

有的树在雨里延伸,像传送带,吱呀作响,让人以为置身于皮革的森林。

有的树长着一串串念珠,有的树接力相传。

有的树末梢长着空心球,配有两根缎带。风大的时候,球被吹走,飞起来,或者更确切地说,缓缓漂浮着,像鱼一样,在经历了艰难的旅程之后,终于回到河流里,但是在风的驱逐下,它们被长着叉子的树戳破,或者成百上千地滚到地上,形成一大片滚珠,互相推搡,笑得开心。

"巴德吉"的根会往上爬。根突然破土而出,果断地搭上树枝,好像奇形怪状的萝卜。

还有的树,主干的皮白天会张开,仿佛带着透气孔的汽车引擎盖,然后夜里又合得严严实实,叫人不敢相信它们曾经张开过。当地人吃一种果壳异常坚硬的杏仁。午后他们把杏仁放进树的缝隙里,到早晨再取出来,杏仁已经粉碎,可以吃了。

最舒服的树,是"围本",长着羊毛的树。好想生活在它的树冠里。它的枝条有数不清的分叉,每一个分叉都分泌出一根羊毛触须,多得形成一个羊毛大树冠。它是森林之佛。但是"巴丽歌丽卡"(一种鸟)有时会来住在树上。它们到处拉屎。于是就会飘出恶臭，只能把树烧掉。

有的树长着伞的骨架，还有的树是一片一片的，你猛力一推，就像一包卡片，在掉落中散开。

还有的树长着海绵状的树冠，如果不小心把手伸进去，褐色的液体就会四处飞溅。

"割薄"每年长出三个木面，到十一月份就烂掉，很容易脱离主干，像屏风一样掉到你身上。

"罗曼"没有任何高度，树冠勉强升出地面，它们也知足了，不过非常宽大……非常宽大。

有时候，你只看到平原，其实是森林，"罗曼"成林。树枝长在地上，像蛇一样延伸开去，我们可以看到最年轻的树枝往前生长，如果土地是干燥的沙质土，还能听见它们的声音。

"里框特"环状的树枝里，猴子不停地跳过去。

"科玛球"的主干不是圆柱体的。它的形状跟三角钢琴的俯视图一样，但是跟塔楼一样高，没有树枝。它就是一大块纯粹的木头，毫无伪装，不像温带地区的树木，时刻准备长出浓密的树叶。它们十五、二十地聚集在一起，形同木头的巨石阵。这种聚集（几乎排成直线）极为神奇，也许是因为它们杀死了周围所有的生物？但是为什么它们的数量从来不超过十五或二十？

树与树之间，甚至连草，或者苔藓，都长不出来，尽管它们看似冷酷，一定饿得厉害。土地光滑、干燥，虫子也不来——林中空地、寺庙。

还有小的灌木丛。这些植物像伸出地面的手。它们形成了荆棘丛林，看上去很想搜你的身。

要通行的话就必须砍掉它们，它们流出大量的血液，一种蓝紫色的液体，污染力强，而且污渍洗也洗不掉。

最困难的，是在"康卧基"之间行走。成千上万的丝线长出地面，堆积而上，达到一码高。走在上面，仿佛踩着破了的床垫，随时都会失去平衡。

这儿的禾木植物可以长到七米高。密得无法通行。连蛇也只能回头。这是最密集的植物了。田野的中心毫无价值，长不好。只有周边还有生气，吸收一切。中心发黑，像身体的内部。

这里常常有寄生虫。它们进入空心的茎秆。茎秆嫩绿色，寄生虫褐色，可以清楚地看见它爬上爬下，像黑色的汁液，像咖啡。

寄生虫一走，可以确定，不再有任何生命。第一阵风刮来，就咔嚓将茎秆折断。

高如房舍的田野，轰然倒塌，视野为之一新，但是耕作者在哀叹。

眼　睛

我看到了创造物真正的眼睛，所有的眼睛，一下子，终于！

勾引的眼睛，肚子乳白的眼睛，墨色的眼睛，尿道的针眼，肝脏红棕色的眼睛，大海的海眼，木桶油晃晃的眼睛，下巴乌黑的眼睛，肛门被吞没的眼睛，褶皱的眼睛，玩杂技的女人的大屁股眼，油汪汪的眼睛，上流社会的人床单色的眼睛，中产阶级家具般的眼睛，钢琴家薯条一样的眼睛，汤的眼睛，遥远的炮眼，人群红色的眼睛，鹤的薄荷眼，五十岁人的牛排眼，高个子的眼睛，以及雾气一般上浮的目光。

这些眼睛动起来，因为它们变得独立。

那儿有攀爬的眼睛，有翻土的眼睛（带着眼屎），泥土混进眼屎里，眼睛的负担越来越重；它们一直在抖眼屎，像一团肠子，或是战争中的手臂一样掉下来。

种地的眼睛，聚精会神，在高高的眼柄上滚动，塞满了栗子的馋嘴眼睛，像腹膜一样的眼睛，最后，远远地，美丽宜人的荷花眼，一向精致、考究。

角质眼睛勇往直前，撞在并不想吓唬它们的墙上；长了五排眼皮的眼睛，根据向每个人致敬的重要程度，一边数一边依次垂下；丝绒般的眼睛，长着浓毛的眼睛，未来的铝箔眼，恶心的有眼囊的太监眼；幻想中的紫苑"菲丽丝"数不清的眼睛；站在高处的眼睛（像陀螺仪一样缓缓打转，被类似浆液的东西黏住）；长钉子的眼睛，不停地自己伤害自己；"贝丽娜"的眼睛，只想着泡进水里，激起水花，弄湿下面所有的东西；"科瓦特"的眼睛，长满牙齿，要不停地喂食，吃白食的眼睛只能依靠别人的同情生活，凹陷的眼睛，眼珠为圆锥形的眼睛，铺满碎石的眼睛，已经开始哺乳的主眼和复眼。

有的眼睛像足球一样大，有的腿很长，有的不比蚂蚁的眼睛大。

"这些都可以用来下锅。"有个声音说。

平原立即被刮磨、扫净，一切不复存在，只剩下暗沉的黏土。

然后，片刻之后，另外的眼睛开始出现了。它们先是羞涩地露出地面，很快，数量众多。

沉重的眼睛，流眼屎的无神的眼睛，镶蕾丝和荷叶边的眼睛，带水晶坠子的眼睛，满是泡沫正在刮胡子的眼睛（右边部分已经干净了，刮得很短，可以扑粉了）；会爆炸的眼睛，其他眼睛迅速散开，喊着"火药！"，没有一个多余的字；会飞的眼睛，一有风，就去遥远的国度，它们的朋友们紧紧抓住它们，恳求它们，哀嚎一片，让人错以为在地球上，也无济于事。

容纳刺鱼栖息的水眼，稀奇古怪的眼睛，像梳子的眼睛，像回形针的眼睛，有夹层的眼睛，到处都是被夜里的鸟掏空的眼睛残骸，刚从地窖里拿出来的成堆的新鲜眼睛，用不断长出来的粉笔涂抹自己的可怜的眼睛，放零碎杂物的盘子动人的眼睛，上了锁的什么也进不去的眼睛，生活在水塘里的神秘的眼睛。

一大群一大群长腿眼睛追逐着短腿圆眼睛，撵得它们使劲滚动，直到在远处，突然掉进一排没人看见的带刺铁丝网里，一切就此停止。仿佛一只绵羊洪亮的咩咩声，狼一来，就止住了。

"这些都可以用来下锅。"这时那个声音喊道。

眼睛被取走，平原被清扫，又变得空荡。

然后，慢慢地，平原上又出现了生物；总是不同的眼睛，新的物种；各种各样的结构，有的像清真寺的尖塔一样精雕细琢，有的像鼓一样充盈，有的像樱桃一样鲜红,各种各样的,渐渐涌出,很快布满平原,然后,突然间,又听到:"这些都可以用来下锅。"那个声音说。

于是平原立即被舔光滑,又可以播种了。

啊!今天夜里!

节奏尤其令人惊讶。"拥挤的人群",然后,噗……什么都不见了,平原像一块石板,然后,又长出来……但是精心计算过,不可更改的时间一到,就顷刻间将它们收得干干净净,一个也不留。

微 小

你们看见我的时候,
哎呀,
那不是我。

在沙粒里,
在颗粒的颗粒里,
在空气无形的粉末里,
在以吸食血一样的东西为生的巨大虚无中,
我就生活在这样的地方。

啊!我无需吹嘘:微小!微小!
如果被人抓住,
任由他们处置。

被锁住的链条

轻如火焰,没有烦忧。
徐徐的火焰,来自滚烫、血红的肺部的火焰,
无需多言的火焰。
友善、宁静脸庞的破灭
一言而尽的破灭,破灭。

轻如桅楼,没有烦忧。
空中的桅楼,女子束身上衣一般的桅楼
只有一座,没有更多,
一座,女子的,
一座。

伴　侣

哦，男子汉的力量在臂膀里，

哦，游泳者的臂膀在河流里。

哦，河流喝水，泳者喝水，溺水者喝了很多水。

将他捞起，放下来晒干，

但是他死了，要死一段时间……（习俗！习俗！）

啊！写啊，写啊，永远什么也抓不住……

金发女郎很久以来一直是我梦中、云雾中、震颤中的伴侣，

山谷中的树与秋天里的山谷，

花朵的花瓣与萼片，

荡在腿边的破口袋，破口袋深处的手帕，

夹住鼻子卖弄的手帕，

吸附芳香的手帕，如同被撞击的球瓶屈服于地心引力。

手指繁多，居然有十个，还有五种不同的样子。

伴侣，我所有的伴侣，玻璃体的幽灵。

因腹痛浑身发抖的幽灵，

我的男子汉就是你们，就是你们。

他 们

他们来不为笑也不为哭，
他们来自河岸附近，
他们来不是两个人也不是三个人，
他们来与预测的不一样，
他们来没有防护，没有思考，没有悲伤，
他们来不哀求，不指挥，
他们来不请求宽恕，不带父母，不带食物，
而直到此时，他们还没有工作过。
好吧，好吧，好吧，我们就这样被比自己更无助的人偷看。
我们将被打败，赤身躺在胜利者准备的床上，
我们将在快乐或痛苦中咽下耻辱，
而很多人会咬牙接受新的发现，
而不想接受自己。

爱情！爱情！又一次，你的名字完全被误用。

事实上

事实上,当我说:
"高大坚强。
逝者如斯。
生者何有,
同样担当?"
死者,便是我。
事实上,当我说:
"勿将父母扯进你的游戏,
没有空间可以容下他们,
生产的女人用尽最后的力气,
不能对她有更多的奢求,
不要胡乱取闹,
厄运,再自然不过。"
事实上,女人不是我。
是我,无需折返的好路。

是我,所向披靡的好刀,

是我……

是别人不……

带我走

用一艘小帆船带我走，
一艘陈旧但温柔的小帆船，
船首，拨开波浪，
让我迷失在远方，远方。

用旧时的雪橇。
雪花骗人的柔软。
聚在一起的狗喘着气。
雪橇队被枯叶耗尽体力。

用吻带我走，不要伤害我，
起伏的胸脯，呼气吸气，
厚厚的掌心，他们的笑颜，
长骨与关节的回廊。

带我走，倒不如，掩埋我。

日益苍白

厄运吹哨召唤它的孩儿们,指着我:
"就是他,"它对它们说,"不要放开他。"
它们不再放开我。

厄运吹哨召唤它的孩儿们。
"就是他,"它对它们说,"不要放开他。"
它们一直跟着我。

爱人们

你，我不知道如何触及你，你不会读这本书，
你一直谴责作家，
小人，吝啬，虚伪，虚荣。

你，亨利·米肖对你来说变成了一个专有名词，也许与那些社会杂闻里标注着年龄、职业的名字完全一样。

你生活在别的群体，别的平原，别的气息。

然而为了你，我与全城，人口大国的首都，都伤了和气。

你，离开的时候一根头发也没有留给我，只是嘱咐我烧掉你的信，现在你还不是照样面对四壁冥想？

告诉我，用医院里那种温柔的目光欺骗年轻人，是否依然让你一样快乐？

我，我一直用我固定、疯狂的目光，寻找我也不知道的有个性的东西。

我不知道在这密实、隐形的无穷物质里，我能倚

靠什么，可以将物体与所谓的物质隔开。

然而，我再次沉迷于新的"我们"。

她像你，眼睛如柔光，但更大，嗓音更浓厚、低沉，命运的开端与发展与你的极为相似。

她有……她有过，我说道！

明天我就要失去她，我的女友邦卓。

邦卓，

邦卓，

比波拉邦吉，也可以是拉邦吉，

比拉波娜，更加柔和，

邦卓，

邦卓，

孤独的邦卓，小邦吉，

我的邦吉比，

如此迷人，邦卓，如此温柔，

失去了你细微的嗓音，

细微，

以及你难以言状的亲近。

我所有的书信，都是谎言，邦卓……如今我要出发。

我手里拿着一张票：17.084.

荷兰皇家公司。

只要跟着这张票,就可以去厄瓜多尔。

明天,票与我,一起出发。

我们去基多,城市名听着像把刀。

想到这些我直打退堂鼓;

然而人们会对我说:

"好吧,让她跟你们一起去吧。"

是呀,只求你们降临一个小小的奇迹,你们,在天上,一群懒鬼,诸神、天使、上帝的选民、仙女、哲学家,还有神的朋友,

我曾经那么喜欢你们,吕斯布鲁克①,还有你,洛特雷阿蒙②,不要以为自己一无用处;

只求你们降临一个很小很小的奇迹,为邦卓和我。

---

① 吕斯布鲁克(Ruysbroek,1293—1381),比利时中世纪荷兰语世界中的基督教神秘体验论者,米肖深受其影响。——译注
② 洛特雷阿蒙(Lautréamont,1846—1870),法国诗人,代表诗集《马尔多罗之歌》。——译注

建 议

卡萨诺瓦,在流亡中,对愿意听他发言的人说:"我是卡萨诺瓦,假的卡萨诺瓦。"

我也如此:"先生们……"肯定会听到如此说。

死前好好咀嚼你们的食物,
好好咀嚼:一、二、三!
凄惨的面孔是魔鬼的面孔,
凄惨的面孔是听你话的面孔。
到狗窝去!到狗窝去!永远待着。
倚靠我的肩膀,我的孩子,
倚靠我的年纪,我的经历,
倚靠我的宗教,我的依赖,
在感觉满意之前,多多倚靠,
在梦中倚靠,不展示给任何人看,
倚靠,平靠着背,背平靠着,
倚靠,狗在窝里,
核在果中,人在虚无。

我是铜锣

我愤怒的歌声中有一只蛋,
而蛋中有我的母亲、我的父亲和我的孩子们。
而这一切之中有交织的悲喜,和生活。
猛烈的风暴摇动我,
明媚的阳光阻挠我,
我心中有恨,强烈,久远,
为了美,日后再说。
的确,我一片片变得坚硬,
要知道我其实依然很柔软。
我是铜锣,是棉絮,是雪天的歌声,
我这样说,我坚信不疑。

文学家

独自,
做自己的食粮,
再一次,他积聚而发,
通过所有的裂缝大放厥词。
块状,片状,水柱状,水晶状,
但是话语墙背后,
是一个高大的聋子。

杀

可怕可厉。

万缪藏起来,重新振作。

另一个退缩了,无心恋战,随后又打过来一记勾拳。

咕,噜,呼喔喔。

胸膛、手臂、腿和头,鼻子和牙齿。

一起加入战斗。

呼!呜!呜喔喔!

然而血流淌;

感情渐疏远,

生命亦如此,

两具尸体终于在湿透的路上松开,

在九月的大雨天。

年轻侍从之死

"埃博尼①","突尼",比起"发涅",更像"飞汨"。
……小东西,正在消失。
"阿罗歌勒"!"阿罗贝图依"!"阿罗歌勒"!救命,求求你……
他是杜伊纳,付伊纳,桑,桑,罗姆,
他是陆伊纳,苏伊纳,桑,桑,罗姆,
……小东西,正在消失。
但是,呐,方大哄,
也与法国的骑士、红衣主教一样笔挺。

---

① 这首诗里大部分词为米肖自创,只考虑发音,没有词意,并且打破法语正常句法,以下几首诗情况相同。——译注

发 音

啊去呀去呀去,
啊坏女人!
萨戈斯贝勒在萨里戈,
布呵布哈呢在塔里戈,
或将你布呵嘟哈波多啯,
波多吉。
屁股,屁股扭啊扭。
啊将贫穷塞进屁眼。

露比莉莉厄丝

露比莉莉厄丝,和没有沉睡的女人们,
廿百她们,她们,她们,
露比莉莉厄丝我的巴吉莉,
结反,结,结,
露,维尼瓦尔,我的巴吉莉。

走得粗糙

在叫—小家伙们—拦住—南瓜的地方，
因为四个两—三—烟店—布列塔尼霸道，
以自己的方式紧靠，
走得粗糙，
气喘吁吁的作家；
因为杀了寥寥几只蜜蜂而晚到；
我们吃晚饭执拗到把它裹上蛋。
它，在食槽。
啊我们完蛋了，
更加努力生活，接受只有一个上帝，
把他那些嫁给了拉—外壳—床单的疯癫女人还出来，
如同开始在墙上成形的石膏花线。

土 地!

蚂蚁还有香肠没有面粉,
娜拉卓走了,没有更悲伤没有亲爱的锦鸡,
祖先,祖先,这段时间出来了;
寻找,奔跑,自下而上将他们吞食,
土地!
土地!土地!你们得到的那些一簇一簇。
一簇一簇,我对你们说,
一簇一簇,他们的他们是你们的,
他痛苦着,流着他的血的王妃们。

哈

百般拒绝摇晃蜜蜂忙着它的洞,
让舞来舞去的它站住不动,
更多,群情欢动,让我坐着,
将我活生生买下,换个名字,
啊哈,哈,哈,瞧学院这只大牲畜的样子。

罗德里戈

啊罗德里戈他的斜坡,
啊单片眼镜它的道路,
比大外套再少一点的墨鱼;
我们没有感到有多么忧郁。
也没有告诉他唱得有多好,
也没有,没有多,有多好,
也没有他们能够觉察到的格罗格罗声,
我们唱着:"我们深深爱着的无有,无有,无有。"

我的上帝

有一天有一只老鼠,
一定受过百般虐待,
更确切地说,是一只绵羊,
一定受过百般碾压,
但其实,我发誓,是一头大象,
并且,请好好体会我的意思,
庞大的非洲象群中的一头大象,
但还是不够大,
因此被百般碾压。
接着是老鼠,然后是绵羊,
被百般碾压,
还有无赖,
被百般碾压,
不仅无赖,
不仅被压迫……不仅被收回……

啊！重量！啊！毁灭！
啊！生物的外皮！
毁灭有着精美绝伦的面孔。
完美的肥皂，我们高声呼叫上帝。
它等着你，这个浑圆的世界。它等着你。
啊！扁平！
啊！完美的上帝！

未　来

当"嘛①"，

当"嘛"，

沼泽泥巴，

恶声咒骂，

当"嘛哈哈哈哈"，

"嘛哈哈波哈"，

"嘛哈哈嘛啦嘀哈哈"，

"嘛嗒嘀嘛嗒嘀哈哈"，

"哄嘚啯嘚嘎嘚哩"，

"哄咕嘎哈呦咕"，

"噗噜""啪哈""噗噜"的"喔嗒喏波啰呸"，

拼接的丑陋词汇，

重量，瘟疫，腐烂，

坏死，杀戮，吞没，

---

① 亨利·米肖通过自创的拟声词，来表达愤怒与痛苦。——译注

黏稠，暗淡，发臭，

当蜂蜜石化，

冰山失血，

惊恐的犹太人匆忙赎回基督，

雅典卫城，兵营变白菜，

目光成蝙蝠，或带刺铁丝网，钉子盒，

海潮般涌来的新的手，

用风车做成的脊柱，

快乐的汁液变得灼烫，

抚摸变成针扎的折磨，体内最团结的器官举刀决斗，

橙黄色的拂人的沙变回铅，沉重地压着喜欢海滩的人，

爱好游荡的温润的舌头，或变成刀具，或变成坚硬的石子，

美妙的水流声变成一片鹦鹉叫和锻锤声，

当骇人听闻、难以平息的东西终于倾诉衷肠，

将它上千只恶臭的屁股坐在这个封闭、集中的世界，

围着自己转啊，转啊，无法挣脱，

当，生物的最后一个分枝，痛苦，残忍，独自生存下来，小心地交错，

越来越尖锐,难以忍受……四周顽固的虚无惊恐地后退……

啊!不幸!不幸!

啊!最后的回忆,每个人渺小的生活,每个动物渺小的生活,针孔状的渺小生活!

再也没有了。

啊!空无!

啊!空间!不分层的空间……啊!空间,空间!

后 记

也许，出于卫生考虑，为了我的健康，我写了《我的领地》。

没有别的写作理由。没有别的想法。从声音，以及与声音关联的东西中汲取养分的人，觉得这样很合适，就像有的人从生物学揭示的现象与关系中汲取养分，而有的人不满足于数学计算或者玄学研究，又投入心理学。

无神论者所在的层次，决定了他不能相信上帝。他的健康条件不允许。

但是这一切在身体健康的人心中，既不清晰，也不排斥。这些粗俗的人，就像健康的胃，什么都能适应。

相反，有些病人有时候实在乐不起来，无法适应所谓的生活幸福，以至于为了不沉沦下去，不得不求助于一些奇思异想，把自己认作，或让别人把自己认作拿破仑一世或者天父。他们尽自己日渐衰弱的力量，去编他们的人物，没有构造，不鲜明，不突出，在艺术品中很平庸，但是凭借着临时的一些片段、一些部件和一些接头，坚定的意志，他们紧紧地抓住这块救生板。他们脑子里只想着去付账。让大家终于承认他们是拿破仑，这就是他们全部的心愿。（其余都是次要的，主要来自周围人的反驳。）为了他们的健康，他们把自己变成了拿破仑，以求康复。还有一个小女孩，在她无比枯燥的生活里，一心想着在树林里被强奸；为了她的健康。第二天，根据当下的需求，忘了前一天，告诉别人说，她看见一只绿色的长颈鹿到旁边的湖边喝水，这个荒芜的地区，没有湖，没有长颈鹿，没有绿色植被。演这出戏是为了她的健康。而且可以随着她的需求改变。

《我的领地》也是这样写出来的。

没有一样东西是专业人士故意想象出来的。主题、发展、构思、方法，都不是。相反，是因为没有能力遵循这一切才想象出来的。

片段，没有事先预设的关联，而是根据我的需求，一天一天慵懒地出现，就这样，无需"用力"，跟随着总是最急躁的波浪，在真相的轻微摇摆中，来了，从来不是为了构造，只是为了保存。

因此这本书，这段经历，似乎完全产生于自私，我很想说它具有社会性，因为大家都做得到，应该可以让弱者、病人、不正常的人、孩子、受压迫的人和各种各样格格不入的人，得到很多好处。

这些痛苦的、不由自主地不停想象的人，我希望至少用这种方式去帮助他们。

无论是谁都能写出《我的领地》。

连这本书里编的词，编的动物，都是"神经质"地造出来的，而不是根据我对语言、对动物的理解而创造性地发明出来的。

亨利·米肖

1934 年